Hélène Alliot-Hecker

PHILOMÈNE

Roman

lelivredart

lelivredart
24 impasse Mousset 75012 Paris France
www.lelivredart.com

Conception graphique et mise en page : Cécile Liotier

Philomène

À ma mère,

À la CLEF qui m’a ouvert les portes.

– Philomène, veux-tu bien me fermer les volets ?

Angèle, la mère de Philomène, avait deux particularités : celle de n'avoir jamais cédé à l'habitude d'écourter le prénom de sa fille alors que le reste de l'entourage l'appelait « Phil » depuis sa plus tendre enfance, et celle d'inclure un pronom possessif dans ses phrases lorsqu'elle lui demandait quelque chose.

Toute petite déjà, Philomène avait intégré ces rengaines grammaticales dans sa tête.

Peux-tu ME ranger tes affaires ? Veux-tu aller ME chercher du pain ? Il est l'heure de ME faire tes devoirs. Aujourd'hui, elle n'y prêtait plus trop d'attention. Quoi que...

Dernière d'une lignée de cinq filles, Philomène avait reçu à la naissance un prénom que la taille et l'originalité permirent vite de remplacer par un diminutif fort commun. Comme celui de ses quatre sœurs d'ailleurs : Anastasie était devenue Tazie, Adélaïde, Adé, Sidonie s'était transformée en Sissi et Eléonore en Léo.

Elle aimait donc que sa mère prenne la peine de clamer son prénom en entier comme dans un prolongement de filiation qui n'admettait aucune coupure. Elle en avait d'autant plus de fierté qu'elle était la seule parmi les cinq filles à profiter de ce privilège. Elle avait d'ailleurs l'impression qu'une intimité particulière s'était nouée entre sa mère et elle dès la fin de son adolescence, mais elle ne savait pas pourquoi. Pourtant, elle avait choisi un chemin de vie tout à l'opposé de sa mère. Celle-ci ne semblait pas lui en tenir grief, même si de nombreux soupirs cachant sa désapprobation ponctuaient parfois leurs conversations. Née dans les années 20, d'une famille de petits fermiers bretons, sa mère avait fait de sa vie quelque chose qui pouvait paraître sans faille. Mariée à 18 ans à un jeune homme du village voisin qu'elle aimait depuis ses années d'école, elle avait été femme d'une fidélité exemplaire ainsi que mère d'un dévouement absolu. Pour Philomène, il semblait en être tout autrement.

Philomène ferma donc les lourds volets comme un service qu'elle ne pouvait pas refuser à sa mère. Dans les maisons de l'île aux tuiles saumonées et murs au crépi blanc, la couleur de ceux-ci était laissée à l'appréciation des habitants du lieu. Reflet d'une unité tranquille aux touches de clarté. On en trouvait des jaune d'or, des vert tendre ou des gris violacé. Le ton dominant restait pourtant le bleu. De toutes teintes, sans doute pour faire écho aux nuances de l'eau : bleu vert, bleu marine, bleu lavande ou bleu chardon. Ceux de la maison étaient bleu ciel, très clair. Si elle avait pu choisir, Philomène les aurait laissés ouverts, pour ne pas imposer de barrière au jour. Elle avait la phobie de tout ce qui était clos et jamais dans sa petite maison d'Ille-et-Vilaine où elle s'était installée depuis bientôt trois ans, elle ne s'était contrainte à fixer rideaux ou persiennes. Elle aimait être réveillée par la clarté du petit matin et capter au premier coup d'œil ce que lui promettait la couleur du temps. Lorsqu'elle partait pour plusieurs jours, il lui suffisait d'adapter un large carré de pin au carreau de la porte d'entrée et de faire glisser l'épais store de bois le long de la baie vitrée.

Elle était arrivée en début d'après-midi pour se reposer quelques jours sur ce bord de mer. Elle en avait bien besoin.

L'année avait été difficile et elle aimait cette maison de Vendée où sa mère avait fini par s'installer définitivement depuis l'été dernier. Philomène avait une attirance vitale pour les vagues qui l'emmenaient nager jusqu'aux bateaux amarrés vers le large. Elle appréciait la fraîcheur de l'océan qui s'habituait à son corps en quelques minutes et le revigorait.
Elle avait pris possession de la chambre qui lui était allouée depuis toujours, avec le lit en merisier de sa grand-tante, le petit tonnelet de chêne en guise de table de chevet, la lampe de terre blanche et son abat-jour en dentelle au crochet, le pupitre d'écolier au plan incliné et la grosse armoire bretonne dont la porte continuait à grincer malgré l'huile qu'on s'évertuait à infiltrer. Elle l'avait décorée d'épaves de bois, qu'elle ramassait, sur la digue longeant le cimetière de bateaux. Travaillées par la mer, elles offraient des couleurs vieillies, des formes déchiquetées et des odeurs de sable. Parfois, comme s'accrochant à ce qu'il y avait de plus vain, des clous rouillés, des algues sèches ou des morceaux de coquillages s'incrustaient. Enchevêtrées les unes aux autres, elles laissaient apparaître poissons, oiseaux ou tout autre animal qui peuple cette terre. Elles s'agrippaient, immobiles, presque vivantes sur les murs de la chambre et Philomène prenait un réel plaisir à les regarder le soir en s'endormant. Là, pour la nuit, elle leur laisserait la fenêtre grande ouverte et ensemble elles s'enivreraient du parfum du mimosa d'été.

PHILOMÈNE AVAIT CONNU FRANÇOIS à l'époque de la maternelle. Après être tous deux rentrés au jardin d'enfants d'une institution religieuse où on enseignait aux élèves précoces, ils ne s'étaient plus quittés comme si leur relation avait été vitale pour supporter le monde étonnant des adultes. De santé fragile probablement due à une naissance difficile à laquelle d'ailleurs sa mère n'avait pas survécu, François vivait entre son père, employé à la S.N.C.F., et sa grand-mère, une ancienne institutrice, qui avait pris son éducation en main. Celle-ci, le trouvant fort docile et d'un esprit plus vif que la moyenne, avait financé les cours privés si réputés des petites sœurs de l'Assomption. Philomène, elle, y était entrée un peu par hasard, sur les conseils d'un ami de la famille. Sachant lire, écrire et compter bien avant l'âge, grâce ou à cause, de l'enseignement rigoureux qui leur avait été donné, Philomène et François avaient, l'année suivante, réintégré les bancs de l'école publique élémentaire avec plus d'une année d'avance sur les enfants de leur classe. Le groupe scolaire des filles faisant face à celui des garçons, ils avaient pris l'habitude de faire le chemin ensemble. Philomène entraînait François dans des jeux superstitieux. Sur le trajet de l'école, le trottoir était recouvert de dalles de pierre. Aucune délimitation n'avait le droit d'être foulée par leurs pas. Il en dépendait de leur existence ! Sur les 500 premiers mètres, le défi était facile, leurs pieds entrant entièrement dans les larges carrés. La suite du parcours devenait plus inquiétante. Les pavés de fort petite taille les obligeaient à des acrobaties pédestres bien compliquées. Crispés de concentration, le souffle presque coupé, avec une précision mathématique, ils plaçaient leurs chaussures de façon à défier un hasard qui aurait pu écourter leur vie. En effet, le contrat de ce jeu, tel un pacte, était une mort proche, si le moindre bout de leurs semelles avait osé toucher un trait. Poussant le lourd portail de la communale, ils pouvaient enfin se détendre et reprendre une respiration régulière. Se félicitant alors, chacun en silence, d'avoir, par leur seule volonté, bravé le destin, ils se séparaient d'un petit signe de la main en attendant impatiemment l'heure de midi.

Ils habitaient le même quartier, près de la gare d'une ville de densité moyenne de la grande banlieue parisienne. Ni l'un ni l'autre ne connaissaient vraiment la capitale. Chacun s'y rendait une fois l'an, à peu près à la même époque. François, le jour de la Toussaint, avec sa grand-mère pour y déjeuner chez un aïeul qui logeait dans le quartier de la Bastille et Philomène, au début de l'automne, pour se faire mesurer, peser et prescrire de l'huile de foie de morue, par un pédiatre renommé des abords du jardin du Luxembourg. Sans en avoir jamais parlé, l'un comme l'autre redoutaient cette sortie. Lui, car il devait se forcer à avaler le traditionnel moka au café dont il avait horreur et elle, parce que l'escalier de bois de l'immeuble du médecin, pourtant recouvert d'un épais tapis rouge, sentait si fort la cire, que les sensations d'écœurement qu'elle y associait mettaient de nombreuses heures à s'estomper.

Ce n'était, certes, pas les mots qui liaient si fortement François et Philomène l'un à l'autre, mais une connivence presque insidieuse, qui leur semblait réciproquement scellée à jamais. Ils avaient à peine l'âge de raison quand ils échangèrent leur premier baiser.

– PHILOMÈNE, PEUX-TU M'ATTRAPER LA COUVERTURE bleue dans le haut du placard ? Il fait un peu frais, ce soir.

En effet, il faisait frais pour une soirée du début juillet et le vent annoncé par la météo régionale commençait à remuer les épines du pin parasol. A 18 heures, on affichait même, en ville, sur la porte de la mairie, du « gros temps » pour la nuit à venir. Philomène avait pourtant décidé de s'installer pour dîner dans le jardin.

Elle était passée dès son arrivée sur l'île chez les amis poissonniers pour dire bonjour et choisir quelques crevettes grises du pays. Accompagnées d'une purée de pommes de terre nouvelles et d'un verre de Mareuil rosé, cela ferait un bon dîner. Elle le partagea avec sa mère. Celle-ci se coucha sitôt le repas fini, pour ne pas déroger à ses habitudes. Se laissant envahir par une atmosphère tranquille, Philomène ferma les yeux. Sa montre s'était par hasard arrêtée et elle se sentait bien incapable de dire l'heure qu'il était. Les nuages assombrissaient fortement le ciel et s'il faisait encore un peu clair, il devait être déjà tard. Confiante dans la saison estivale, elle n'avait pas pris la peine d'apporter ses gros pulls et commençait sérieusement à avoir la chair de poule. Elle se faufila dans le garage, espérant trouver un vieux lainage qui pourrait la réchauffer. Après avoir enjambé, non sans difficultés, les quelques malles abritant seaux, pelles et bateaux gonflables, elle ouvrit la lourde porte de l'armoire en châtaignier où sa mère avait entassé cirés et vieux vêtements qui ne servaient plus guère. Dans une housse, elle trouva le caban de son père. Elle l'enfila, remonta le col et le boutonna jusqu'au cou pour y capter la chaleur et s'imprégner de cette odeur d'humidité que le temps n'efface pas. Puis elle reprit sa place dans le jardin. C'était un épais caban, d'un gros bleu foncé, en tissu feutré. Son père l'avait choisi, un maussade jour de juillet, parmi de nombreux modèles exposés à la coopérative maritime. Elle se souvint qu'il l'avait étrenné dès la sortie de la boutique et qu'avec la casquette achetée dans l'élan, cela lui donnait un air de jeune loup de mer, un peu maladroit. Son père lui était apparu, un court instant, presque fragile, avec une allure d'enfant fier d'arborer un déguisement tout neuf. Ensemble ils avaient ri. Elle avait gardé de lui ce tout dernier souvenir. Sa carrière de bon chef d'entreprise et de bon père de famille s'était finie trop tôt. Comme happé vers un destin trop facile, il avait gagné en quelques années assez d'argent pour mettre sa famille à l'abri du besoin. L'après-guerre lui avait permis d'acheter avec ses faibles économies et un peu de prêts bancaires une toute petite entreprise de menuiserie. À moins de 80 kilomètres de Paris et grâce aux constructions en masse des années 60, son capital prospéra de façon vertigineuse. Il en était très fier. Il fut vite à la tête d'une centaine d'ouvriers, contremaîtres, secrétaires et autres personnels servant le bâtiment. Le quotidien de son enfance n'ayant pas été sans souci, il en avait gardé un curieux respect de la simplicité qui lui faisait honneur. On le sollicitait d'ailleurs pour représenter associations, cercles ou clubs, ce qu'il ne refusait jamais. Il avait fait construire un joli pavillon à quelques centaines de mètres de son entreprise, puis dix années plus tard, la villa de vacances sur l'île vendéenne. Sur une route de bord de Loire reliant les deux maisons, un soir, ce fut le choc...

Philomène venait d'avoir 13 ans. Elle rentrait alors dans l'adolescence. Quelques semaines auparavant, son père avait acheté le caban marin.
Le vêtement lui tenant chaud, Philomène décida de rester un peu à regarder ce ciel lourd qui ne demandait qu'à pleurer. Philomène sentait encore sur sa langue le goût salé des petits crustacés dont il ne restait plus, dans l'assiette que les carapaces gris-rose éparpillées. Quelques gouttes commencèrent à perler. La nuit était toute noire maintenant. Il allait bien falloir qu'elle se décide à rentrer. Elle jeta un rapide coup d'œil vers le firmament cotonneux et se plut à penser que peut-être, juste derrière, un faux marin au caban bleu, pêcheur d'étoiles, souriait en pensant à elle. Elle prépara un feu dans la cheminée. Elle aimait ces moments hétéroclites qui défiaient les saisons. A l'aide des pommes de pin qui jonchaient le gazon, il s'alluma vite. Il avait cette odeur de résine imperceptible, qu'elle connaissait si bien. Il la consola du temps gris.
Une heure après, fatiguée, elle se glissa dans ses draps et s'endormit presque aussitôt. A son réveil, elle se demanda quelques secondes où elle était. Elle avait la tête un peu lourde.
La nuit, comme à l'habitude, ne lui avait pas épargné ses rêves.
Elle avait cette capacité à se les rappeler avec tant de détails qu'il lui semblait qu'elle ne vivrait pas de la même façon si au petit matin, ils s'évanouissaient. Dans son rêve, cette nuit-là, son chat avait ingurgité, lors d'un déménagement, du grain empoisonné mis au jour par un meuble qu'on venait d'enlever. C'était au dernier étage d'une haute maison au plein milieu d'un bois. Malgré la faible quantité de poison avalée par la bête, Philomène attendait impuissante la fatale agonie. Les premiers symptômes en effet, ne mirent que peu de temps à venir. La peau grise du félin s'étirait jusqu'à en éclater sous l'effet d'une chair transformée en glaçon. Il

était raide, ses yeux restant mobiles comme pour supplier sa maîtresse de l'aider à vaincre la douleur. Seul le déménageur, doté d'un sens pratique, incita Philomène à faire le numéro d'un bon vétérinaire. Au bout du fil, celui-ci, très inquiet de l'état du matou, lui dit : « Venez me voir, votre chat dans sa vie n'a sans doute jamais acquis « le deuxième jouet ». C'est en lui expliquant que son pauvre minet avait sans doute besoin d'un tout autre remède, qu'elle le vit tout à coup revenir à la vie.

A son réveil, son gros « Tartuffe » poilu dormait paisiblement sur l'oreiller du lit. Ce chat vivait en sa compagnie, depuis le jour anniversaire des 9 ans de son fils. Une amie bien intentionnée avait eu la fabuleuse idée d'en faire cadeau à Lucas. Toutes les réticences de Philomène n'avaient pas eu gain de cause. Elle avait vite cédé à l'argument culpabilisant de son amie qu'un animal se doit de cohabiter avec un fils unique et aux supplications de son cher chérubin toutes remplies de promesses de changer la litière et de l'alimenter. Elle se remémora la période d'angoisse qui la tourmenta presque un bon mois après l'acquisition. Elle avait eu jusque-là des rapports fort distants avec les animaux. Vers l'âge de 7 ans, comme tout enfant sans doute, elle avait tanné père et mère pour qu'ils lui achètent un chien. Pour la dégoûter de son entêtement, l'idée leur vint de lui faire garder un épagneul de ferme toute une après-midi. Cloîtré contre son gré dans un lieu inconnu, le chien hurla à perdre haleine, ce qui la fit se résoudre au désir des parents. On avait bien essayé de la consoler avec quelques poissons rouges, serins, hamsters, cochons d'Inde ou autres souris blanches, mais elle n'avait jamais trouvé le lien d'intimité pouvant la satisfaire. Elle était ainsi restée sur l'idée enfantine qu'elle ne saurait jamais s'occuper d'une bête. L'inconnu, souvent, inquiète. Alors pour y pallier, elle avait échafaudé avec ce chat des habitudes, des rituels, des câlins, des caresses et même des mots doux. Et elle l'avait

ainsi apprivoisé, jour après jour, jusqu'à ne plus penser qu'elle pourrait vivre sans.
Elle laissa filtrer le café, chauffa le lait, trancha deux morceaux de brioche à la fleur d'oranger et prit le petit déjeuner en compagnie de sa mère.

Philomène avait connu Bryan, le jour de ses 20 ans. Pour lui fêter son anniversaire, la bande de copines de l'École normale d'institutrices lui avait préparé une soirée surprise. On l'avait emmenée dans les endroits parisiens qu'elle affectionnait particulièrement. D'abord, un ancien bistrot, près des Halles, qui avait la particularité d'accueillir des clients de cultures et de tendances très différentes. Sur le long comptoir de zinc, trinquaient ensemble petits vieux du quartier, étudiants en tous genres, femmes excentriques ou touristes de passage. Philomène aimait ce lieu car elle y sentait une tolérance qui lui faisait chaud au cœur. Après avoir levé les verres de kir, offerts pour l'occasion par le patron, on l'entraîna dîner dans son restaurant favori. Depuis deux années, elle menait sa vie d'étudiante dans un studio du côté de la Nation. Elle avait pris l'habitude de descendre le soir, lorsqu'elle avait la flemme de se faire à manger, dans ce petit resto, situé juste une rue derrière. Il proposait des plats d'une originalité savoureuse, à des prix défiant toute concurrence ! Elle avait vite parlé avec le serveur, puis avait été invitée à visiter les cuisines et de jour en jour l'amitié s'était installée. En son honneur, Alain, le patron, avait réservé la table près de la fenêtre et l'avait fleurie d'un bouquet de vingt roses. On avait sabré le champagne à la fin du repas et entonné le refrain de « joyeux anniversaire » en apportant le bavarois aux cerises confites, spécialité de la maison, surmonté de la vingtaine de bougies. Bryan regardait le spectacle, en finissant son café à la table à côté. Plusieurs fois dans la soirée, Philomène avait croisé les yeux verts, profonds, de cet homme à l'allure affirmée, à la barbe rousse d'environ trois jours. Elle lui donnait la trentaine. Le regard de Bryan avait oscillé pendant la durée du dîner entre la revue qu'il tenait de la main gauche et l'animation de la table de fête.

A la fin de la chanson, il se leva et alla embrasser Philomène. Les amis d'abord surpris, conclurent à cette audace par des applaudissements. Et ils se levèrent tous pour l'imiter.

Philomène fut bien obligée de s'avouer, au bout de quelques minutes à peine, que l'élan chaleureux de l'inconnu l'avait profondément émue. Il fut convié à terminer la soirée avec eux. Quelques heures plus tard, après une promenade sur les quais de la Seine, Bryan proposa à Philomène de la raccompagner. Après François, ce fut son deuxième amant.

– **Philomène, veux-tu m'acheter** un peu de fleur de sel si tu vas à la ville ? Je risque d'en manquer.
C'était jour de marché. Philomène enfourcha son vieux vélo Motobécane maintes fois rafistolé et pédala vers le bourg en empruntant comme toujours le petit chemin peu connu des touristes : l'allée des Lutins puis celle des Oiseaux. Les jardins des villas regorgeaient de touffes d'hortensias obstruant les fenêtres, de branches de tamaris débordant des clôtures. Elle longea le grand champ de pommes de terre, passa devant la poste puis s'aventura à travers les ruelles bordées de roses trémières dont les couleurs passées se fondaient si bien dans les pierres chaudes des maisons de ville. Elle s'amusait chaque fois à relire les noms inscrits sur les façades. Certains se donnaient une consonance bretonne en alliant le mot « ker » à un joli prénom ; « Ker Élise » ou bien « Ker Charles ». D'autres avaient ce côté désuet de la simplicité : « Sam'suffit », « Laissez dire », « Chez nous » ou « Mon nid ». Beaucoup évoquaient l'ambiance du pays : « Les mimosas », « Les mouettes » ou « A tout vent » ou même un jeu de mots musical : « La ut » ou « La do ré ». Quelques uns semblaient venus d'ailleurs : « Les castors » et « Les bambous ». Les parents de Philomène avaient baptisé la leur « Anaïdo-Léomène », enchevêtrement bien

compliqué de syllabes extirpées des prénoms des cinq filles.

Philomène déposa sa bicyclette à l'entrée de la grande halle construite en lattes de bois noir en clin d'œil aux anciennes salorges. Malgré l'heure matinale, il y avait déjà un peu de monde.

Elle passa voir Monsieur Duval pour lui acheter un beau filet de canard de Challans, s'arrêta devant le stand de la chèvrerie pour choisir un fromage frais du jour et n'oublia pas la fleur de sel directement mise en sachet la veille, par Francis, le saunier. A chaque arrêt, elle échangeait quelques mots sur les nouvelles du pays, la fréquentation saisonnière ou le temps qui était passé au beau. Elle était persuadée que ces deux ou trois répliques coutumières donnaient, comme les marais de l'île, un parfum au sel de la vie. Pour les pommes de terre, haricots verts, tomates et autres légumes de saison elle s'arrêterait chez Marianne, la maraîchère devenue amie qui vendait directement aux connaisseurs les produits de son jardin.

Dès son retour Philomène enfila son maillot, passa un tee-shirt, prit sa serviette de bain, remonta sur son vélo et se dirigea vers la plage. A cette heure la marée était basse. Elle choisit donc d'aller dans la petite crique de l'Anse encastrée entre les rochers. Ici, on pouvait se baigner à toute heure comme si la mer n'osait pas trop s'aventurer vers le large, prisonnière des récifs et des algues. Elle se mit vite à l'eau, nagea la brasse une bonne demi-heure et vint s'allonger sur le sable déjà chaud de soleil. Elle avait appris à nager très tôt, avant l'âge de 5 ans, sur ce même bord de mer. Trois plages plus loin, le Club des goélands proposait des leçons de natation et sa mère avait trouvé bon de l'y inscrire. Elle avait eu la chance d'y rencontrer un moniteur très patient qui avait su la familiariser avec l'eau qu'elle trouvait pourtant très froide. « Grenouille, écarte, serre », répétait-il inlassablement. Pour lui ôter l'appréhension de mettre la tête sous l'eau et d'y ouvrir les yeux, il y jetait un petit galet qu'elle devait aller rechercher. La séance se terminait toujours par une récompense sous forme de caramel mou. Elle avait par la suite essayé d'apprendre d'autres nages avec d'autres moniteurs, mais elle n'en avait gardé que les rudiments.

Elle nageait donc la brasse.

Le soleil chauffait fort et la plage se remplissait vite. Elle lut quelques chapitres de son roman de vacances et décida de s'en retourner.

Lorsque le mois d'août arrivait, sa famille quittait l'île pour venir en Bretagne intérieure dans la maison des grands-parents maternels. Philomène appréciait cette campagne et toutes les activités qui y étaient associées. Dès que François eut 10 ans, il vint passer le mois d'août avec elle. Avantagé par la gratuité des billets de train, son père l'accompagnait puis repartait aussitôt. Philomène et François passaient un long mois à profiter l'un de l'autre et jamais une dispute n'assombrissait leur bonheur. Ils imaginaient déjà leur mariage en se confectionnant des vêtements de noces en feuilles de châtaignier qu'ils assemblaient avec des aiguilles de sapins. Ils cheminaient main dans la main jusqu'au calvaire et là, devant Dieu, ils se promettaient fidélité pour toujours. Une de leurs autres occupations favorites était de garder les vaches avec la fille du fermier. Neuf, elles étaient neuf vaches pouvant tant se ressembler pour qui n'était pas un expert. Mais pour Philomène qui les connaissait bien, elles étaient très différentes, chacune avec sa place attitrée dans l'étable. Pour espérer rester longtemps dans le lieu de sa naissance, il fallait naître femelle. Dès leur apparition hors des entrailles de leur mère, le Père Martin, d'un coup d'œil, captait le détail caractéristique pour les baptiser d'un surnom qui les distinguerait à jamais. Ainsi « la Noiraude » avait une robe de larges taches noires,

« la Blanchette » semblait plus claire que les autres et « la Marguerite » avait un œil cerné de poils marron comme pour rappeler le cœur de la fleur. « La Mignonne », elle, était fine, le pelage parsemé de petites touffes brunes comme des grains de beauté, et « la Costaude » s'imposait parmi les autres avec sa carrure presque trop grande pour une race bretonne. On distinguait bien « la Châtaigne » avec sa parure ocre beige qui lui donnait un petit air montagnard. « La Coquette » arborait à l'encolure, comme un bijou, une toison de jais qui l'habillait fort bien. Quant à « la Joyeuse », elle paraissait, avec ses deux raies claires au coin de la bouche, sourire en ruminant. Et puis il y avait « la Méchante ». Philomène se demandait souvent pourquoi le fermier l'avait affublée d'un sobriquet si déplaisant alors même qu'elle tentait d'apparaître à la vie. Peut-être avait-elle été longue à venir, peut-être avait-elle esquissé, dès sa sortie, un coup de tête malencontreux à l'égard de la fermière ou peut-être encore avait-elle décidé de naître tout simplement au plein milieu de la nuit. C'était d'ailleurs très intriguant, car pour qui voulait y croire, cette identité avait fort bien déterminé le tempérament de la bête. Lorsqu'on la menait au champ, pour paître, elle ne cessait de porter querelle à l'une ou l'autre de ses rivales pour se frayer le passage. Sur le chemin de la mare, elle s'acharnait à piétiner ses voisines en les poussant jusqu'au fossé. Dans le pré, clôturé par des buissons de fougères et de ronces, elle s'aventurait jusqu'aux limites obligeant la fille du fermier à interrompre leurs jeux pour la ramener à grands coups de bâtons. Dès que la chaleur devenait pesante elle était toujours la première à « moucher » donnant force coups de queue aux insectes qui l'attaquaient, entraînant ainsi le reste du troupeau dans sa transe. Meuglements impromptus, coups de cornes, coups de sabots, terrorisaient ses compagnes et alimentaient, sans relâche, la colère du fermier.

Philomène et François passèrent ainsi une bonne partie de leur enfance et de leur adolescence à s'enivrer des mêmes plaisirs et à se tenir par la main.

– Philomène, veux-tu me mettre le couvert ?
Philomène savait que sa mère prenait un malin plaisir à profiter de sa présence, alors que malgré ses 80 ans passés elle avait une santé qui lui permettait de faire beaucoup de choses.
Philomène était à la fois amusée par cette façon que sa mère avait de la traiter comme une petite fille et agacée par le fait d'être constamment dérangée. En fait, sa mère voulait la sentir auprès d'elle. Lucas parti en camp de voile pour une semaine, elle espérait bien profiter du tête-à-tête avec sa petite dernière.
Philomène mit le couvert sur la table de la terrasse où il faisait bon manger le midi car elle était ombragée. Sa mère apporta les filets de soles aux petits légumes. Elle savait que c'était un des plats préférés de Philomène et qu'elle lui ferait plaisir. La mère de Philomène aimait faire plaisir à sa fille. Philomène la regarda avec attendrissement. Elle se leva et posa un baiser sur son front.
– Je t'aime, ma chérie. Je suis contente que tu sois là.
– Moi aussi, petite mère.
Philomène étant la plus jeune des cinq filles, sa mère l'avait probablement un peu plus protégée que les autres.

Naturellement, d'ailleurs, cette protection avait été réciproque. Elles avaient sur cette île tant de souvenirs communs. Les doux et les autres.
Cet été de l'année 70, Philomène avait gagné le concours de plage. Le Club des goélands en proposait un chaque année. On pouvait lire sur un panneau fixé à la cabine des maîtres nageurs :

Grand concours de sable
Plage des sables d'or
25 juillet, 16 heures

Il s'agissait ce jour-là de façonner un animal marin avec originalité. La veille, elles avaient toutes les deux ramassé sur la plage, à marée basse, ces coquillages appelés « cornes » pour en décorer le poisson lune. Après l'avoir bien modelé, il fallait que Philomène humidifie régulièrement le sable pour que la boule reste solide jusqu'au passage du jury. Deux galets pour les yeux, une coquille d'huître pour la bouche, un peu de goémon parsemé de-ci, de-là pour lui restituer son milieu et le résultat avait belle allure. Sa mère allait avec le petit seau chercher de l'eau jusqu'à la mer, puis assise derrière la barrière, elle était là avec ses mots, pour guider les gestes de Philomène, comme elle aimait si bien le faire. Il était déjà fort tard quand le verdict fut rendu et sous les applaudissements Philomène s'avança toute fière pour aller chercher son prix. Pour rentrer à la maison, elles avaient décidé de passer par ce petit chemin à travers bois où à cette heure les pins sylvestres et les chênes verts avaient capté toute la chaleur de cette magnifique journée. Il faisait bon. Sa mère avait dans les yeux ce bonheur d'avoir elle aussi gagné, par la patience de ses conseils et de ce que sa fille en avait fait. Elles se tenaient par la main. Elles se sont penchées l'une vers l'autre pour s'embrasser. Sa mère lui a chuchoté à l'oreille qu'elles avaient la chance d'être heureuses. Et Philomène lui a répondu oui. C'est au tournant du chemin qu'elles ont aperçu la voiture des gendarmes. Philomène s'était étonnée de les voir là, près du portail de la villa. Sa mère, elle, avait très vite compris. Elle était restée figée, sans un mot. Plus que des larmes dans son regard. Dans la nuit, sur une route, en espérant les rejoindre, la vie de celui qu'elles aimaient tant s'était à jamais suspendue. Philomène et sa mère se serraient fort les doigts comme pour sortir de ce mauvais rêve. Elles auraient tant voulu reprendre paisiblement le chemin.

Philomène avait connu Armand, sept ans auparavant, lors d'une rencontre fortuite dans un grand hôpital parisien. Habitant encore la capitale du côté de la rue d'Alésia, elle avait ressenti dans la nuit une douleur diffuse du bras gauche jusqu'au cou puis une oppression désagréable dans la poitrine. Elle avait pensé à une crise d'angoisse comme elle en connaissait de temps en temps. Elle croyait savoir les gérer seule. Elle faisait du mieux qu'elle pouvait. La journée qui suivit lui avait pourtant semblé pesante. Tout ce qu'elle avait l'habitude de faire avec l'énergie qui la caractérisait, courses, cuisine, ménage, s'était transformé en fardeau. Une amie était passée, elle lui avait dit son malaise. Et puis ce fut le S.A.M.U. les soins intensifs de cardiologie, et l'implantation d'un pacemaker. Heureusement, les liens conviviaux qu'elle entretenait avec la concierge de son immeuble avaient permis de lui confier Lucas dans la précipitation. Elle avait vu défiler nombre de médecins, plus spécialistes les uns que les autres. Chacun discutait, consultait sur la conduite à tenir. Elle s'était sentie désemparée. Elle avait eu un besoin vital de la présence de son père. Elle aurait voulu intensément qu'il soit là, jeune vieillard de 75 ans, se dressant aux côtés de son lit d'hôpital, et dont elle aurait été très fière. Peut-être qu'elle aurait eu moins peur. Peut-être qu'il aurait eu les

mots pour la rassurer, pour la persuader que son corps de femme de 40 ans n'était pas amputé. Amputé de quoi, puisqu'on n'y avait rien ôté ? On y avait, au contraire, glissé une pile comme si son cœur n'avait plus le droit de vivre tout seul. Amputé sans doute de l'image de femme qu'il lui avait été bien difficile de construire. Comment allait-elle arborer maintenant sa fragile séduction féminine avec ce monticule au-dessus du sein gauche ? Elle ressentit très fort que son père était parti trop tôt et qu'ils n'avaient jamais prononcé les milliers de mots qu'ils auraient dû partager. Un flot de larmes la submergea tout à coup et elle se réfugia pour pleurer dans la taie d'oreiller blanchâtre marquée aux initiales du centre hospitalier.
Elle sentit auprès d'elle une présence presque fantomatique, mais elle ne pouvait retenir ses sanglots. Elle entendit alors une voix polie lui demander si elle souhaitait sa présence. Elle ne saura jamais pourquoi elle dit oui de la tête. Elle se retourna sur le côté et regarda cet homme que la blouse blanche qu'il portait rendait encore plus longiligne. Elle déchiffra, malgré les larmes qui embuaient son regard, l'inscription de l'étiquette fixée au niveau de sa poitrine : Armand Raive, psychiatre.
Il fut le seul à parler. Elle avait écouté ses mots emplis de réconfort comme si chacun d'eux avait une consistance essentielle. Elle avait presque eu l'impression qu'ils n'étaient prononcés que pour elle comme si le docteur la connaissait intimement depuis longtemps. Puis, il était reparti comme il était venu, sans faire de bruit.
Les suites opératoires évoluant de la meilleure façon possible, Philomène avait quitté l'hôpital au bout de quinze jours. Avant de partir, elle avait pris le temps de remercier chaleureusement les infirmières et les aides-soignantes qui lui avaient prodigué des soins et du temps avec une patience irréprochable. Elle avait échangé quelques mots avec l'une d'elles à propos de ce médecin psychiatre et elle

avait su comme cela qu'il professait également dans un cabinet particulier du côté de Montparnasse. A son retour chez elle, ses amis, ses sœurs et sa mère s'étaient relayés pour à la fois ne pas la laisser seule et s'occuper de Lucas. Elle avait repris son travail assez vite en pensant que cela lui changerait les idées. Mais tout en sachant qu'elle n'avait plus rien à craindre maintenant du côté de son cœur, son esprit était ailleurs. Des idées trop moroses à son goût occupaient constamment ses pensées. Elle s'inquiétait de façon répétitive dès que Lucas n'était pas auprès d'elle et elle se réveillait souvent la nuit en sueur pour fuir de pesants cauchemars.
Elle ouvrit l'annuaire à la rubrique : médecins psychiatres.
Aslo Jean-Paul
Garcin Philippe
Juan Marianne
Marty Anne
Raive Armand

Raive, Docteur Raive. Elle se rappelait bien ce nom, car malgré son chagrin, le patronyme du médecin, si directement en rapport avec sa fonction, ne lui avait pas échappé. Elle s'était déjà plusieurs fois amusée de telles coïncidences et se demandait si la destinée professionnelle de certaines personnes n'était pas inconsciemment tracée. Ainsi son boucher s'appelait Monsieur Thubeuf, un masseur kinésithérapeute de la rue voisine affichait sur sa plaque le nom de Lombère et elle se souvenait fort bien de Madame Lacraie, sa maîtresse d'école de C.M.1.
Raive Armand : Paris, 14e arrondissement. Ce ne pouvait être que lui. Elle décrocha son combiné téléphonique l'estomac un peu noué et composa le numéro. Au bout d'une sonnerie seulement, elle entendit un répondeur se déclencher :

« Bonjour, vous êtes bien au cabinet du docteur Armand Raive. Je ne suis pas actuellement en mesure de vous répondre, mais laissez-moi vos coordonnées et je vous rappellerai dès que possible. Merci, à bientôt. » Sans dire un mot, elle raccrocha juste avant que le « bip » se fasse entendre.

Elle rappela deux jours plus tard, laissa son nom, son numéro de téléphone et l'objet de son appel. Lorsqu'il lui téléphona, le soir même, elle lui remémora les circonstances de leur rencontre. Il lui répondit qu'il s'en souvenait fort bien. Elle eut une sensation intérieure d'apaisement qu'elle manifesta par un profond soupir. Il lui donna rendez-vous le lendemain assez tard dans la soirée, vers 21 heures, après sa dernière consultation.

– Philomène, voudrais-tu m'appeler le jardinier, il devait venir tondre la pelouse ce matin ?
Le gazon avait effectivement besoin d'être tondu. Elle proposa à sa mère de le faire, ce que celle-ci refusa catégoriquement.
– Ne te fatigue pas avec ça, il m'a promis de passer. Viens plutôt me parler un peu. Voilà trois jours que tu es là, tu ne m'as encore rien dit.
Philomène téléphona donc au jardinier qui confirma sa venue pour le lendemain matin. Puis, elle s'installa avec sa mère sur la balancelle.
– Comment s'est passée ton année, tu n'en fais pas trop j'espère ?
Philomène la rassura en lui affirmant qu'elle prenait bien soin d'elle. Elle lui raconta quelques anecdotes de son travail et de sa vie quotidienne, mais malgré l'intérêt que semblait y porter sa mère, Philomène sentait bien qu'elle voulait savoir tout autre chose.
– Comment vont François, Bryan, Armand ? Et le père de Lucas, as-tu des nouvelles ?
Philomène avait une sainte horreur de discuter avec sa mère de ses histoires amoureuses. Elle savait d'emblée qu'elle était en parfait désaccord avec le mode de vie qu'elle avait choisi

et elle craignait qu'une fois encore tout cela se termine par une dispute, Philomène détourna donc la conversation.
– Je vais très bien maman, ne t'inquiète pas. Et Lucas aussi. Veux-tu que je t'emmène faire un tour sur le port ? Elle installa sa mère dans la voiture et elles s'engagèrent sur la petite route qui longeait les plages. Une fois sur place, Philomène prit sa mère par le bras et elles entonnèrent en riant la comptine qu'elles avaient l'habitude de chantonner lorsqu'elles se promenaient toutes les deux.
« Passe ton aile sous mon abattis et marchons comme deux volailles, tu m' diras l'effet qu'ça t'fait ».
Elles s'émerveillèrent une fois de plus devant les chalutiers, toujours les mêmes, qui offraient tant de couleurs à ce petit port de pêche. A l'arrière des bateaux, les noms peints en lettres manuscrites laissaient entrevoir le dur métier de pêcheur : « Traîne-misère », « Gagne-petit », La Galère », « Moins que rien ». Elles allèrent jusqu'au bout de la jetée, contournèrent le phare et s'installèrent à la terrasse de la crêperie.
– Une crêpe au sucre simple et une autre avec de la chantilly, s'il vous plaît.
La mère de Philomène adorait la chantilly, comme tout ce qui était sucré d'ailleurs. Philomène avait partiellement hérité de ce goût. Elle raffolait des plats associant le sucre et le sel.

Ce que Philomène aimait chez Bryan, c'était cette force protectrice mêlée d'une indéniable originalité, presque provocante.

Londonien de souche, il s'était exilé, dès sa majorité, vers les villes américaines. D'abord Philadelphie, puis Chicago, Boston et enfin New York. Il vivait là bas dans un petit atelier, au fin fond de Manhattan, à l'extrémité de Harlem. Il venait, chaque année, quelques mois à Paris, pour s'imprégner des tendances artistiques et se délecter des expositions proposées. Il aimait Paris, la France même. Il avait découvert le charme de ce pays, l'été de ses 25 ans. Depuis l'Espagne qu'il avait visitée, sac au dos, avec un bon copain, jusqu'à Londres où il retournait souvent pour embrasser ses parents, il avait parcouru, en stop, la côte Ouest française. Il avait aimé l'Atlantique, ses rouleaux de vagues et les plaisirs du surf, les grandes forêts des Landes, le foie gras et les gésiers confits, la baie d'Arcachon, les vignobles bordelais, l'immense plage de La Baule, les îles bretonnes et leurs falaises déchiquetées et tous les trésors cachés des villes du Nord jusqu'à Calais. Bryan aimait la diversité. Lorsqu'on lui demandait où il habitait, il répondait l'air détaché :

« Je suis de nulle part, d'ailleurs et de partout. Je suis là où je suis bien et où l'on ne m'empêche pas de créer. » Lorsqu'il s'installait à Paris, Bryan logeait chez un vieil ami de son père, veuf, sans enfant, qui lui avait prêté une pièce vide de son trop grand appartement.

C'était dans cet endroit que Bryan avait emmené Philomène, le soir où ils avaient fait connaissance. Elle avait été impressionnée par le désordre peu ordinaire qui régnait dans la salle. Des pots de verre remplis de mixtures noirâtres cohabitaient avec des monceaux de journaux, de tissu, de ferrailles. Des tubes de colle mal rebouchés, des pastels écrasés dans leur boîte, des encriers au liquide séché jonchaient un parquet maculé de taches. Chaises, tables, meubles de rangements s'improvisaient, selon les besoins, à l'aide de caisses en bois aux teintes délavées. Cartons, feuilles aux multiples nuances et autres trésors, protégés par des sacs en plastique, s'enchevêtraient le long des murs dissimulés eux-mêmes sous des esquisses, collages, affiches détournées.

Seul, protégé des tourments, sous une petite fenêtre, un grand lit de bois blanc, impeccablement recouvert d'une couette fleurie, déparait dans ce capharnaüm inouï. Bryan avait attiré Philomène contre lui, un court instant. Puis très vite il l'avait entraînée dans une étreinte de caresses violentes, de mots crus, d'à-coups presque brutaux. Il lui avait modelé le corps de bas en haut dans une palpation si énergique qu'elle en avait ressenti de la douleur. Un peu crispée les premiers instants, Philomène s'était laissée aller dans les bras de cet homme qui traçait à lui seul le chemin de l'amour. Et dans un grand vertige, le bas de son ventre s'était empli soudain d'un plaisir si envoûtant que des larmes lui avaient échappé. Bryan avait eu peur de lui avoir fait mal.

– Phil, pardonne-moi.

– Ne crains rien, c'était très bien. Je pleure souvent lorsque je suis comblée.

Elle venait de connaître un tout autre bonheur que celui qu'elle partageait depuis ses 16 ans dans les bras de François.

– **Philomène, cela me ferait plaisir** que tu m'arrêtes à la Baie creuse. J'y ramasserais bien un peu de goémon pour mettre dans mon bain.
– Oh oui, et j'en prendrai pour moi aussi !
Cela faisait des années que Philomène n'avait pas eu le plaisir, pourtant visqueux, de se glisser dans la baignoire d'eau fraîche avec ces algues brunes. Sa mère leur trouvait toutes les vertus. Aucune maison de cosmétique n'avait encore vanté tant de bienfaits en un seul produit : bon pour la peau, bon pour la circulation du sang, bon contre la cellulite, bon contre la fatigue...et même bon pour apaiser les coups de soleil !
La mère de Philomène ne savait pas nager. Ayant appris à plat ventre sur un tabouret, comme elle se plaisait à raconter souvent, elle pouvait reproduire à merveille les mouvements enseignés, mais une fois dans l'eau, elle n'avait jamais réussi à flotter. Elle profitait donc de la mer en se promenant le long du rivage, le regard concentré à repérer les coquillages. Il en existait de minuscules, aux coquilles translucides saumonées, si fragiles et si rares qu'elle les gardait comme un trésor. A chaque trouvaille, elle ne manquait pas de rappeler à Philomène l'anecdote de sa naissance. Ses quatre sœurs attendaient la venue d'un petit frère. Mais lorsqu'elles avaient vu, derrière la vitre de la maternité,

les ongles du bébé, si fins, si roses, si transparents, elles avaient vite été consolées. « On aurait dit des coquillages ». Philomène feignait de croire à cette histoire. Elle s'était souvent demandé si son air de garçon manqué, qu'elle revendiqua jusqu'à ce que son corps ne puisse plus cacher ses formes féminines, n'avait pas été influencé par ce désir inconscient de la famille. Elle pensait parfois que même ses parents, quoiqu'ils ne le lui aient jamais dit, avaient espéré un fils. Fillette, elle enviait le corps nerveux et musclé des garçons, copiait leur coiffure courte et drue, calquait leur façon d'enfiler un short, de passer un chandail, de chausser à la hâte des sandalettes en cuir. Elle imitait gauchement leur démarche. Elle enjambait fébrilement les vélos à barre fixe souvent trop hauts pour elle. Elle courait, jusqu'à en perdre haleine, le bâton à la main en guise de fusil. Elle se hissait aux branches en surmontant sa peur. Elle jouait des Meccanos, maniait trains électriques, voitures téléguidées, camions, grues en plastique. Et elle les jalousait, en rentrant sa colère, quand ils faisaient pipi. De quelle étrange liberté pouvaient donc ainsi jouir ces enfants nés garçons ?
Philomène et sa mère happèrent donc par brassées les végétaux marins et en remplirent le coffre de la voiture. Il était presque cinq heures maintenant, la marée était en train de descendre et Philomène repartit se baigner de l'autre côté de l'île, face océan. A cet endroit les plages étaient immenses, surmontées de dunes à la végétation presque sauvage. Après la pointe, dans une enclave à l'abri des regards, les nudistes avaient fait leur nid. Elle se souvint de son adolescence où, sans le dire à sa mère, elle s'aventurait avec deux ou trois camarades, dans ce coin reculé. Elle avait ainsi goûté la sensation de l'eau froide sur son corps tout entier, comme un miroir magique, sans entrave à la vraie liberté.
Mais c'est enveloppée dans son maillot de bain noir, une pièce, qu'elle s'immergea dans les vagues.

Philomène avait connu le père de Lucas, le jour de ses 30 ans, à Séville. Elle s'était offert pour cet anniversaire un billet d'avion et quelques nuits d'hôtel dans le sud de l'Espagne. Elle avait eu envie de partir seule comme un défi qu'elle s'imposait à elle-même. Toujours entourée de nombreux amis, elle s'était souvent demandé quelles sensations d'intimité elle aurait pu avoir face à sa propre solitude.

Une fois là-bas, son humeur avait oscillé entre l'angoisse de ne dépendre que de ses seules décisions et un élan extrême de liberté vitale. Elle se réveillait tard le matin, ayant choisi de profiter des activités nocturnes si typiques de la capitale andalouse. Le jour, elle se promenait, guide à la main, dans les ruelles ensoleillées par ce début de printemps, conversant avec les habitants dans un espagnol plus que précaire. Malgré cela, elle semblait se faire comprendre et en retirait un réel plaisir. La *feria* battait son plein et les familles des environs venues s'installer, pour l'occasion, sous les toiles de tentes multicolores l'invitaient sans relâche à goûter les spécialités régionales. Le soir, elle dînait seule dans l'un de ces petits bars à *tapas* regorgeant de jambons dodus finissant de sécher encordés au plafond.

Entraînée par l'ambiance et les affiches ventant les corridas exceptionnelles en cette période de fête, elle avait pris un ticket assez cher pour être bien placée. Le programme annonçait la mise à mort de six taureaux par de célèbres toreros. Dès l'agonie du premier, elle s'était faufilée dans la foule serrée sur les gradins, pour échapper à l'horreur. Elle avait marché vite jusqu'aux rives du Guadalquivir, comme si le flot de l'eau avait pu apaiser son malaise. Elle s'était assise sur un banc de pierre et avait ressenti le besoin d'écrire. Elle avait tiré de son petit sac à dos orange, râpé par les années mais dont elle ne se séparait jamais, un bloc de papier à lettres et un stylo à encre. Puis elle avait tracé ces mots d'un seul élan comme un hymne posthume. Le texte achevé, elle l'avait intitulé : « Le Taureau ».

Bretagne : été 1965

En longeant ton pré vert, unique passage pour rejoindre la mare aux grenouilles, je ressassais scrupuleusement les conseils de mon grand-père : « Marche droit, d'un pas sûr, sans bruit, sans détour, il ne te fera aucun mal. » Une bonne centaine de mètres passé la clôture fortifiée, je reprenais mon souffle. Braves, dignes, nous avions croisé nos chemins. Apaisée par ce respect mutuel, je me sentais très fière en continuant ma route. De nombreux petits veaux naîtraient encore à l'été prochain.

Andalousie : printemps 1985

Il faisait lourd. Tu t'es jeté dans l'arène comme un enfant. Quelques secondes à peine, tu as cru à un jeu. Ton immense bac à sable rond était pourtant bien humide. Une heure auparavant, il avait plu. A tes premières cabrioles glissantes, tu as très vite compris que nous n'étions pas là, par milliers, pour t'aider dans ta danse. A quelle kermesse rituelle t'avait-on invité ? Pour quels dons ? Pour quels bienfaits ?

Pourtant tout y était : chevaux parés de costumes de fête, diablotins en paillettes agitant des capes colorées, chants des trompettes, cris, rires, applaudissements. D'abord, pour te défendre, tu as planté tes cornes dans le décor de bois. Et puis, le souffle court, comme pour leur reconnaître qu'ils avaient bien gagné, tu as plié l'échine. Ils y ont piqué leurs dards. Dans quelle suppliante détresse a-t-on croisé nos regards ? En seul écho aux traînées de sang rouge sur ton encolure noire, des larmes d'impuissance perlaient sur mon visage jusqu'à l'écœurement.

Philomène pleurait toujours, les joues en feu et la gorge nouée, en regardant évasivement les promeneurs sur la berge. Elle semblait scellée au banc comme une statue de marbre au regard inerte. Un jeune homme s'installa à son côté. Elle dut se décaler tant la place était juste pour accueillir deux personnes. Il lui adressa la parole dans un français impeccable mais qui, grâce à l'accent, permit à Philomène de reconnaître qu'il était espagnol. Il était en effet de Cordoue et il l'invita au bout d'un petit quart d'heure de monologue à venir visiter la mosquée-cathédrale, le lendemain. Tout à son chagrin, elle trouva pourtant ce garçon drôle et réconfortant et ne déclina pas l'invitation. Il passerait la prendre à son hôtel à 8 heures. Cette rencontre impromptue avait un peu rasséréné Philomène et elle put enfin se décoller du banc.
Le lendemain, à l'heure convenue, Carlos était garé devant la porte de l'hôtel.
A Cordoue, il servit de guide à Philomène. Il lui expliqua avec passion les effets de perspectives et de lumières de l'architecture prodigieuse des forêts de colonnes de la célèbre Mezquita, puis il l'emmena manger une succulente paella dans un restaurant de la ville.
Philomène trouvait à cet homme, âgé de 25 ans à peine, une maturité sereine empreinte de gaieté qui l'attirait beaucoup. Elle se mit à lui parler de sa vie comme si elle l'avait connu

depuis toujours. Le monologue de la veille s'était transformé en une authentique conversation bien au-delà des banalités souvent échangées en présence d'un inconnu. Il parlait un français à la structure grammaticale parfaite, qu'il avait appris à l'université de Madrid pour devenir traducteur. Ils discutèrent ainsi des sensations cruelles qu'ils ressentaient l'un comme l'autre à propos des corridas et elle put lui parler de son chagrin de la veille.

La soirée bien avancée, Carlos raccompagna Philomène à Séville, monta avec elle jusqu'à sa chambre et ils passèrent la nuit ensemble.

Le lendemain, à midi pile, Philomène s'envolait pour la France. Elle pensa qu'une histoire d'amour si brève s'évanouirait vite dans le tourbillon quotidien de sa vie parisienne. Neuf mois après, Lucas naissait.

– Philomène, peux-tu m'attraper mes médicaments en haut du placard de la salle de bains ?
Philomène se demandait toujours pourquoi sa mère s'évertuait à percher ses médicaments sur la planchette la plus haute de l'armoire à pharmacie, alors qu'elle devait les prendre trois fois par jour. Pour y accéder, il lui fallait monter sur un mini escabeau de trois marches et Philomène trouvait cela fort dangereux. Elle en avait maintes fois parlé avec sa mère. Mais celle-ci ne pouvait se défaire de l'habitude prise, quand ses filles étaient petites, d'écarter tout danger en plaçant les produits toxiques à hauteur. Un peu par lassitude et pour éviter à sa mère de grimper, Philomène attrapa les remèdes et les lui apporta. Elle la vit classer ses pilules par couleur et se renseigna sur leur indication. Elle la regarda tendrement les avaler avec une cuillère de confiture et les larmes lui montèrent aux yeux. Elle n'avait pas vu sa mère vieillir. Ces dernières années avaient pourtant nécessité une hospitalisation un peu longue pour des examens sanguins puis une autre, plus courte, pour une opération de la cataracte. Sa mère se plaignait peu et Philomène fut surprise du traitement antidépresseur prescrit par le médecin. Elle se culpabilisa de n'être pas plus

souvent à ses côtés et décida de l'emmener dès le lendemain soir dans un bon restaurant.
Jusqu'à l'âge de 8 ans environ, Philomène refusait d'avaler tout aliment qui lui était proposé en morceaux. Elle mâchouillait ses bouts de viande pendant des heures puis finissait par les recracher dans des haut-le-cœur éreintants. Elle se rappela la patience avec laquelle sa mère lui moulinait le contenu de ses repas pour qu'elle puisse avaler quelque chose. Ses sœurs s'amusaient aujourd'hui encore à lui rappeler que la seule nourriture qu'elle semblait prendre avec plaisir à cette époque était du pain trempé dans de l'eau. Cette phobie avait fait d'elle une petite fille très maigre à la limite du rachitisme. A l'adolescence, son rapport à la nourriture avait changé du tout au tout. Elle mangeait sans restriction et son corps accumulait les kilos.
La mort brutale de son père n'avait fait qu'aggraver le problème et Philomène n'avait retrouvé un poids normal qu'à l'aube de ses 18 ans.
« Le Flot blanc » était réputé pour sa cuisine de bord de mer avec sa fameuse spécialité : le pâté d'anguilles. Mère et fille en raffolaient toutes les deux. Ce plat rappelait à Philomène, une fois encore, ses vacances en Bretagne quand elle était petite. Avec ses yeux d'enfant, elle regardait ces serpents d'eau douce se tortiller dans la poêle. Elle était émue de la force avec laquelle ils se battaient pour vivre alors même que son grand-père leur avait tranché la tête dès leur sortie de la Vilaine. Elle avait un drôle de nom, cette rivière bretonne et tous les grands faisaient des fautes en parlant d'elle puisqu'ils disaient « Il est vilaine ». Qu'importe, Philomène, elle, la trouvait jolie !
Pour le retour de la pêche, sa grand-mère avait préparé la pâte à galettes qu'elle ferait cuire sur la pierre brûlante dans l'âtre de la cheminée. On vidait et farinait les bêtes avant de les placer dans le beurre grésillant. Malgré le sort qui leur était réservé, elles se contorsionnaient nerveusement pour

se hisser hors de l'ustensile dans un ultime espoir. Avec un dernier soubresaut, elles finissaient par se rendre à la mort et c'est dans un linceul de crêpes de blé noir qu'elles disparaissaient à jamais. Une petite barque de bois, une ligne de châtaignier, de la patience et de l'agilité avaient eu raison de leur éternité.
Dans la recette du chef, aucun de ces poissons reptiles ne pouvait prétendre agrémenter la préparation. Enseveli de sauce hollandaise, emprisonné dans un cercueil de croûte briochée, du gros congre de mer attendait, tranquille et résigné, fumant dans les assiettes.

Dès 20 heures, Philomène était déjà prête. Elle avait enfilé son jean, vieux de cinq ans, râpé et blanchi par les années, mais dans lequel elle se sentait particulièrement à l'aise. Il n'était ni trop large ni trop moulant, épousant ses jambes à la perfection avec un évasement final qui donnait du chic aux chaussures orange qu'elle avait décidé de porter pour l'occasion. Elle avait eu plus de mal à choisir ce qu'elle allait mettre en « haut » et après avoir enfilé puis retiré plusieurs fois pull, tee-shirt et cardigan, elle opta pour un chemisier blanc en coton, tout simple, mais dont le grain du tissu nid d'abeille procurait à sa peau une sensation de bien-être. Elle jeta un coup d'œil dans la glace accrochée à la porte du salon, enfila sa veste en lin bleu marine, se regarda une fois encore dans le reflet du miroir, passa la main dans ses cheveux courts et raides pour les ébouriffer un peu plus, attrapa son manteau, claqua la porte, tourna la clef dans la serrure et appuya sur le bouton de l'ascenseur. Philomène connaissait très bien le quartier de Montparnasse. Elle l'aimait avec ses petites rues animées à proximité de la tour. Elle l'avait vu construire. Elle montait quelquefois à son dernier étage, par beau temps, pour contempler le panorama parisien. Puis, elle allait se promener jusqu'au jardin du Luxembourg, sans prendre le grand boulevard, mais en remontant la rue d'Odessa jusqu'au métro Edgar-Quinet. De là, suivant son humeur, elle optait pour la rue Delambre ou la rue Montparnasse, puis pour la rue Bréa ou la rue Stanislas.

Ce soir-là, elle fit court. Il était pourtant encore bien tôt pour son rendez-vous de 21 heures et elle détestait arriver en avance, tout comme en retard d'ailleurs. Malgré sa passion très médiocre pour les mathématiques, Philomène pensait qu'elle avait une horloge dans la tête. Intuitivement, elle sentait la notion du temps à prévoir pour aller d'un point à un autre et il était fort rare qu'elle se trompe. Elle s'engagea lentement sur le boulevard Montparnasse et si sa démarche paraissait aux passants calme et sereine, elle seule savait que tout son corps intérieur bouillonnait comme un volcan. Elle passa devant les cinémas, le café du Dôme, traversa le boulevard Raspail pour le remonter une centaine de mètres. Elle tourna dans la première à gauche. Rue Léopold-Robert : Philomène pensa une fois encore que le temps happait sa vie sur des lieux de souvenirs pour qu'elle n'échappe pas au hasard. Après son « bac », elle était venue habiter pendant un an au numéro 4 de cette même rue dans un foyer universitaire d'étudiantes. Il existait toujours. Elle en vit sortir ou rentrer quelques jeunes filles, sérieuses ou gaies, et elle se souvint de ses 17 ans.

Il était encore trop tôt pour pousser la lourde porte en bois du numéro 12, et Philomène avait une sacrée sainte horreur du temps perdu dans les salles d'attente. Odeur de parquets trop cirés, fauteuils aux tissus incrustés de la douleur patiente, lithographies sans vie scotchées aux murs peints « blanc cassé », complices prisonnières de la souffrance muette.

Elle fut d'abord inquiète de ne pas voir de plaque fixée sur le mur extérieur, pouvant identifier le médecin. Elle vérifia l'adresse sur son agenda puis se décida à entrer. Le cabinet médical était situé au rez-de-chaussée, dans une ancienne loge de concierge rénovée en appartement. La carte de visite punaisée sur le montant en bois de la porte en verre cathédrale, rassura Philomène immédiatement.

Docteur Armand Raive
Psychiatre, Psychothérapeute, Psychanalyste.

Elle ne put s'empêcher de sourire à l'énumération de ses nombreuses fonctions et imagina le temps de travail qu'il avait fallu pour en arriver là. Elle fut d'ailleurs touchée par la discrétion du seul petit carton affichant son cursus.
Elle sonna, s'annonça le nez collé à l'Interphone, puis poussa le battant au petit « clic » d'ouverture. Elle fut contrainte à patienter un moment, dans une toute petite salle meublée de deux chaises, d'un fauteuil confortable, d'une lampe volumineuse, le tout d'un ton grenat aux légères nuances comme si de l'unité perçait la différence.
Lorsqu'il ouvrit la porte, en l'accueillant d'un sourire un peu plus froid qu'elle ne l'avait imaginé, elle se demanda quel malencontreux instinct l'avait attirée jusque-là. Il lui serra la main et la précéda jusqu'au bureau. Assise, face à lui, elle fut prise d'une peur panique qui lui était coutumière lorsqu'elle ne contrôlait pas facilement une situation. Elle sentit une envie insurmontable de se mettre à pleurer, mais comme trop souvent, elle arriva quand même à retenir ses larmes.
Le souvenir que Philomène avait gardé du docteur Raive lors de son séjour à l'hôpital s'estompa d'un seul coup. Il lui sembla plus grand et par cela plus imposant. Sa blouse blanche avait cédé la place à une chemise vert kaki égayée d'une cravate claire. Sur le dos de son fauteuil en cuir, était délicatement posée une veste de tweed noir. Elle fixa son regard sur les bottines impeccablement vernies qu'elle apercevait sous la table de bois laqué qui les séparait l'un de l'autre, jeta un œil sur le petit divan rouge placé contre le mur du fond puis croisa son regard en relevant la tête. Il finit par parler le premier :

– Vous aviez besoin de me voir ?
Cette courte phrase n'aida pas Philomène à se sentir à l'aise. Il lui semblait évident qu'elle n'était pas arrivée là au gré d'une simple promenade et que l'effort qu'elle avait fourni pour obtenir un rendez-vous ne relevait pas d'un simple coup de tête.
– Je vous écoute.
Elle n'en espérait pas moins et commençait à se sentir coupable de rester là assise sur sa chaise devant cet homme qu'elle connaissait à peine et qui, vu l'heure tardive, devait probablement avoir autre chose à faire que de la regarder patiemment se murer dans son silence.
Et puis, en quelques secondes, elle prononça un mot puis un autre et un flot de paroles déferla de sa gorge jusqu'au dessèchement. Le docteur lui proposa un verre d'eau. Philomène s'étonna alors qu'il décelât si intuitivement son envie. Elle avala le liquide à toutes petites gorgées comme pour se délecter du pouvoir de chaque mot qu'elle venait de si bien lui offrir.
Le docteur insista sur le fait qu'il voulait la revoir et lui fixa rendez-vous trois jours plus tard. En rentrant, elle écrivit un texte, témoin de la séance :
Lorsque j'étais enfant, je jouais au jeu de la cicatrice. Chacun des participants devait montrer une des siennes, en principe la plus spectaculaire, et en raconter l'histoire. Les garçons excellaient bien évidemment à ce jeu. Un par un, ils dévoilaient la leur, chacune plus profonde ou plus récente que les autres, et l'intensité de nos exclamations laissait présager du gagnant. Encore, et c'était cela le plus dur, fallait-il savoir trouver les mots qui rendraient son aventure captivante et influenceraient l'avis favorable du jury. Je laissais chacun relater les bravoures ou les bêtises qui avaient provoqué de telles traces. Celui qui savait tenir son auditoire en haleine, l'entraîner par des détails rocambolesques dans une chevauchée fantastique, gagnait inévitablement des voix. Des applaudissements excités concluaient souvent les récits. Et nous pouvions alors passer au vote.

Je n'ai jamais conté la mienne. Elle était malgré tout bien visible, mais personne ne semblait l'avoir remarquée. A quoi bon alors en parler ? Elle était pourtant fort disgracieuse, longeant mon mollet droit de bas en haut comme une fermeture Éclair. Un fil barbelé servant à délimiter les champs bretons après le remembrement en avait été la cause. « Garder les vaches » avec la fille des fermiers était notre plus grand bonheur. C'est pour cela que chaque minute grappillée nous était indispensable. Alors nous n'avions pas fait « le grand tour ». L'heure du déjeuner était déjà bien avancée. Nos grands-parents qui nous gardaient en ce mois de juillet de mes 7 ans risquaient de nous reprocher ce retard. Nous avions donc décidé de « couper » à travers la lande et de franchir cette clôture de fer qui retenait si bien les vaches. La précipitation n'a pas dû jouer en ma faveur. Au passage, une pointe accrochait l'arrière de ma jambe dans la chute.

Je suis devenue femme, amante et mère. Je ne joue plus au jeu de la cicatrice mais la vie m'a forcée à rouvrir celle du cœur. Moins de quarante années plus tard, on implante des piles pour pallier les défaillances de cet organe vital. On incise, on installe puis on referme. Un mois après environ, sous une clavicule, seul un trait longiligne ponctué de petits points marque la trace. Si proche de celle d'un fossile de fil de fer barbelé que je pourrais sans doute avoir la cicatrice gagnante. Mais lorsqu'il s'agit des blessures du cœur, encore faut-il avoir le toupet de mettre des mots sur son histoire !

– PHILOMÈNE, PEUX-TU COMMENCER À ME TRIER MES PHOTOS ?

La mère de Philomène avait amassé depuis de longues années des photos de tous genres, de tous âges : de ses voyages aux quatre coins du monde, de son enfance, de ses parents, de ses filles, de ses petits-enfants ; vacances, mariages, communions, réunions de famille, fêtes, anniversaires et bien plus encore. Les photos s'entassaient tout au bas de l'armoire de sa chambre, dans des caisses de fortune, des cartons à chaussures au bord de l'agonie ou bien dans des albums usés d'avoir été tant maniés que le papier support s'effritait sous la main.

Philomène avait promis à sa mère de classer avec elle ces marques de souvenirs et il allait bien falloir qu'elle s'y mette. Elle installa les boîtes à trésors sur la table ronde en fer forgé, sous la tonnelle. De ce coin ombragé, elle profiterait du soleil, trop chaud à cette heure pour s'aventurer à la plage. Elle aimait se nicher sous les poteaux de bois que les rosiers grimpants avaient envahis jusqu'au toit. Le parfum et la luminosité discrète de cet enclos fleuri s'offraient à Philomène comme un doux privilège. Elle s'imposa de procéder avec méthode et rigueur. Soigneusement, elle empila, entassa, enrubanna, redressa délicatement les coins écornés, dépoussiéra, rangea dans des enveloppes. Elle

s'attarda sur quelques photographies glissées dans une pochette cartonnée. Chacune d'elles représentait Philomène à un âge précis de sa vie. A quelques mois, lors de son baptême, la tête engoncée dans un bonnet de dentelle, aux creux des bras de sa marraine ; deux ans après, sur la plage, seau et pelle à la main, les bouts de pieds dans l'eau. Quelques années plus tard, à l'époque des nattes, perchée sur le dos d'un âne le long de la jetée ; vers 10 ans, tout en haut d'un plongeoir, brandissant une coupe.
Philomène sourit à ces images de petite fille et se réconforta de ces symboles d'éternité.
Puis elle aperçut l'une des photos, pliée en deux, toute imbibée d'humidité, dont chaque moitié semblait collée l'une à l'autre comme pour camoufler un secret. Philomène prit soin de séparer doucement les deux battants pour découvrir la complicité qu'ils pouvaient bien cacher. La scène lui donna instantanément la sensation d'avoir été intensément vécue. Son père est assis sur la plage. Il joue avec Aline, sa première petite-fille, la seule qu'il connaîtra. Il a l'air serein et attentif à cette enfant qui marche à peine. Il lui répare un jouet. Il a un gros cigare dans la bouche, un de ceux que Philomène a l'habitude d'aller lui acheter au bureau de tabac du coin de la rue. Elle croit avoir ce privilège... Elle croit. A l'arrière-plan, on la distingue à peine. Elle court sur le sable, vers eux au loin. On peut la deviner seulement si on la connaît bien. Ce n'est pas une photo prise pour qu'elle y soit. Elle aurait pu ne pas y être. Mais elle y est, avec ce corps de jeune fille qui commence à naître, lourd et gauche, dans lequel elle ne peut plus cacher son envie d'être un garçon. Quelques mois ont suffi pour qu'elle ne puisse plus tricher sur son identité comme elle aimait tant à le faire en compagnie de ses cousins où, habillée d'un short et d'un polo, le buste plat et les jambes musclées, elle se délectait de s'entendre appeler « mon grand ». Ces mots offerts par des gens qui ne la connaissaient pas lui procuraient un réel

plaisir. Jamais elle ne leur aurait avoué la vérité. Mais là, sur cette photo, on peut remarquer sa poitrine déjà forte bien que naissante, dissimulée tant que possible sous une « marinière » sans forme. De quel droit son père s'occupe-t-il donc tant de sa petite-fille ?
Philomène fut alors saisie d'un grand vertige, angoisse insaisissable qui s'engouffra à l'intérieur pour l'envahir jusqu'au bout. Elle fut dépassée par l'émotion des sentiments si forts et si contradictoires qu'elle destinait parfois à son père. Lorsque sa mère vint la rejoindre sous la tonnelle, celle-ci s'inquiéta de trouver à sa fille une bien triste mine.
– La chaleur, maman, lui dit-elle en la serrant dans ses bras.

FRANÇOIS APPROCHAIT DE LA CINQUANTAINE, mais il avait gardé un visage poupon presque imberbe et sa chevelure grisonnante, abondante et frisée accentuait une expression à la fois virile et enfantine.

Philomène se demandait souvent pourquoi elle n'avait jamais cédé à la tentation de l'épouser alors qu'il lui en avait fait régulièrement la demande. Mais elle pensait aimer François comme un frère. Bien sûr, ils étaient amants depuis leur adolescence et quand il l'enveloppait dans ses bras aux muscles longilignes, elle s'y laissait aller sans contrainte. François la choyait comme aucune femme n'aurait pu l'espérer d'un homme. Il aimait l'embrasser longuement dans le cou, lui enlacer chaleureusement la taille et ne se lassait pas de lui caresser les cheveux en la regardant avec tant de tendresse que les amies de Philomène ne lui cachaient pas combien elles auraient aimé être à sa place. On les connaissait depuis si longtemps attachés l'un à l'autre que personne n'aurait jamais imaginé l'ombre possible d'une séparation.

Philomène avait une confiance sans limite en François qui le lui rendait bien. Il avait toujours été là, à ses côtés, dans les moments les plus agréables comme dans les plus douloureux. A la naissance de Lucas, il s'en était occupé comme un père, sans condition. Il avait accepté l'enfant d'un autre avec autant de béatitude que s'il avait été le sien. Elle s'était maintes fois sentie désemparée pendant sa grossesse et il avait toujours été là pour la consoler. Il se pliait à tous ses caprices, cédant à ses envies alimentaires comme on prend du plaisir à offrir une glace à quatre boules à une toute petite fille. Bambin, Lucas avait profité de la patience de François qui le poussait sur les balançoires des squares parisiens, l'accompagnait aux spectacles de guignol puis plus tard aux matchs de foot du Parc des Princes. François était un sportif à l'énergie démesurée qui le rendait infatigable. Lucas aimait se mesurer à lui à la piscine ou le temps d'un footing dominical et il copiait les gestes de cet homme, tel un héros. Quand Lucas était entré dans l'adolescence, François avait toujours trouvé les mots, fermes et tranquilles, pour aider Philomène dans sa tâche. Il savait pourtant se faire discret quand il sentait qu'elle avait besoin d'être seule ou qu'elle se lançait dans quelque aventure amoureuse sans lendemain.

François avait pourtant eu beaucoup de mal à accepter la relation amoureuse et durable que Philomène entretenait avec Bryan. Mais, par pudeur, il n'en avait jamais rien dit. Par contre, il y a huit ans, lorsque le docteur Raive était rentré intimement dans la vie de Philomène, François avait alors franchi le pas de s'éloigner. Il avait ainsi déménagé à Nantes où sa profession de libraire lui avait permis d'acquérir un fonds de commerce qu'il avait vite fait prospérer de façon attrayante. Le rayon « littérature enfantine » de la librairie « Livres et Vous » était connu dans tout le département et des conteurs renommés venaient animer cet espace. Philomène avait souffert en secret de cet éloignement et s'apercevant que, malgré le temps, elle n'arrivait pas à maîtriser l'angoisse de séparation déclenchée par ce départ, elle était venue s'installer en Bretagne intérieure, à moins d'une demi-heure de route de son si tendre ami.

L'académie de Rennes lui avait proposé un poste pour faire de la remise à niveau auprès de jeunes adultes de 18/25 ans, en marge de la société, et malgré l'habitude qu'elle avait d'enseigner à un public de jeunes enfants, elle s'engagea donc sans réticence dans cette nouvelle voie pédagogique...

– **Philomène, regarde-moi donc les horaires** des marées. Si nous pouvions aller ramasser quelques palourdes, cela me ferait plaisir d'en manger.

Philomène hocha la tête avec une esquisse de sourire tant elle trouvait que sa mère avait une façon tranquille d'aborder la difficulté. Les palourdes s'enfonçant dans le sable à la verticale à marée basse, il n'était pas chose aisée de les dénicher. Le verbe « ramasser », employé par sa mère à propos de ces délicieux coquillages, lui parut parfaitement inadéquat. Philomène tira pourtant du tiroir de la table la petite fiche jaune indiquant le coefficient et l'heure des marées, et calcula que le moment le plus propice pour la pêche se situait dans la fin de l'après-midi. Vers 18 heures, Philomène mit ses bottes et aida sa mère à enfiler les siennes. Elles se munirent d'un vieux seau et d'une truelle usée déjà toute rouillée par l'eau de mer, puis s'aventurèrent, en longeant les plages jusqu'aux rochers des Dames.

Philomène et sa mère n'étaient pas les seules à avoir eu cette idée de balade, mais le lieu regorgeait d'une telle faune aquatique, qu'elles savaient qu'elles ne reviendraient pas bredouilles.

Pendant que sa mère la suivait à petits pas en portant le seau, Philomène essayait de repérer les trous minuscules à peine visibles à la surface du sable qui étaient censés dévoiler la présence de la proie. Alors, d'un coup sec, elle enfonçait l'outil tranchant en profondeur pour inciser la vase, donnait avec vigueur un bon coup de poignet et démasquait de sa cachette le mollusque tremblant dans ses coquilles beiges. Une vingtaine de palourdes suffisant à leur repas en duo, elles repartirent au bout d'une petite heure, l'eau déjà à la bouche. Philomène adorait inventer des recettes et ne suivait jamais aucune indication des livres de cuisine. Un peu après la naissance de Lucas, pendant un an, elle avait arrêté d'enseigner pour se consacrer à sa passion et elle avait appris ses tours de mains auprès des plus grands chefs. Elle avait obtenu un certificat de capacité culinaire dont elle était très fière. Il trônait, encadré, juste au-dessus du placard de sa cuisine.

Ce soir-là, elle fit ouvrir à l'étouffée, dans la cocotte en fonte, les fameux coquillages. Une fois leur jus passé dans un chinois très fin, elle le fit réduire avec un fond de vin blanc sec, y ajouta quelques échalotes ciselées revenues dans la poêle, l'agrémenta de quelques gouttes de vanille, de filaments de safran pour relever le goût puis le lia d'une cuillerée de crème fraîche à peine liquéfiée. Après en avoir écarté les coquilles, elle disposa les palourdes dans deux petites terrines individuelles, ajouta délicatement la sauce bouillonnante, assaisonna de sel et de poivre et décora le tout d'une touche colorée de persil haché.

– Tu me gâtes, ma fille. Es-tu donc obligée de repartir dimanche ?

BRYAN PASSAIT ENVIRON UNE QUINZAINE DE JOURS À PARIS tous les trimestres et Philomène se préparait chaque fois à ces retrouvailles avec la même passion. Elle avait pour lui une attirance presque bestiale et un désir sans nom envahissait son corps rien qu'à l'idée de la rencontre. Bryan n'omettait jamais d'annoncer bien à l'avance les dates de son séjour en France car il aimait que Philomène soit tout à lui et qu'elle puisse se rendre disponible, sans condition, pour l'accompagner dans ses sorties. C'était un homme de la nuit, fréquentant à outrance les galeries artistiques prisées, les boîtes de nuits à la mode et les salons privés recevant le « beau monde ». D'un tempérament plutôt indépendant et peu extravagant, Philomène jouait pourtant parfaitement le jeu lorsqu'elle se retrouvait en compagnie de Bryan, n'imaginant pas un instant pouvoir s'opposer aux désirs de son amant. A ses côtés, elle se sentait femme séductrice et sans faille, et le regard impertinent presque provocateur qu'il aimait à lui renvoyer comme un jeu de miroir la projetait dans des sensations intérieures indescriptibles qu'elle s'interdisait d'ailleurs bien de contrôler.
Pourtant, pendant qu'elle attendait Lucas, puis après sa naissance, il avait espacé les rencontres sous des prétextes mensongers que Philomène avait vite repérés. Elle s'était sentie trahie, ressassant sans arrêt des envies de rupture.

Mais lorsqu'il s'était rapproché d'elle, peu après que Lucas eut soufflé sa première bougie, elle avait sans un mot replongé dans ses bras.
Bryan n'avait jamais vraiment tenté de lier des liens avec le fils de Philomène et sa relation avec lui s'arrêtait à une distribution de coûteux cadeaux qu'il lui rapportait de ses nombreux voyages. Lucas ne parlait jamais de façon spontanée de Bryan avec sa mère et lorsque c'était elle qui lançait la conversation sur ce sujet, il se contentait de réponses très brèves. Philomène s'appliquait, malgré tout, à ne pas laisser s'effilocher trop aisément leur relation, qu'elle savait pourtant bien fragile.

– **PHILOMÈNE, ME FERAS-TU LE PLAISIR DE M'ACCOMPAGNER** à la messe demain matin ?

Pour sa mère, la messe du dimanche était sacrée. Philomène avait gardé un lien bien lointain avec la religion qui lui avait été pourtant enseignée de façon exemplaire durant son enfance. Il suffisait d'ailleurs du simple déclic des premiers mots d'une prière pour enclencher dans sa mémoire une traditionnelle rengaine de saintes paroles qu'elle récitait à la perfection.

Elle se rappelait fort bien du livre de catéchisme dont sa mère se servait tous les jeudis pour enseigner la bonne nouvelle aux petits enfants du quartier. Il était de forme rectangulaire, épais, amidonné de tissus vieux rose qui le faisaient ne ressembler à aucun autre. Sur sa page de couverture, au centre d'une large étiquette blanche, étaient tracés d'encre noire les contours de Jésus enfant. On pouvait lire en énormes lettres d'imprimerie : « LA MICHE DE PAIN ».

Malgré son très jeune âge, Philomène avait le droit d'assister à la leçon, chaque semaine, sous la seule condition de rester très sage.

Aurait-elle pu faire autrement alors que les dessins de ce manuel voulaient probablement l'inciter à différencier le bien du mal ? Elle contemplait, à chaque fois, fascinée, deux images juxtaposées, placées là, sans aucun doute, au beau milieu du recueil pour lui faire comprendre les choses. Quelques lignes d'écriture qu'elle ne savait pas encore lire accompagnaient les croquis. Sur la page de gauche, un garçonnet de 6 ou 7 ans piquait une colère sur le tapis du salon. Ni son père, ni sa mère ne semblaient lui faire entendre raison. Mais, caché dans un recoin de la pièce, le visage mi-bête mi-homme, le poil tout noir, la queue fine, longue et crochue, paré de sa cape rouge, avec un ricanement narquois, le diable brandissait une fourche enflammée comme pour attiser la méchanceté du gamin. Sur l'autre page, le lit fait et les placards rangés, le même petit bonhomme faisait rouler tranquillement sur le parquet de sa chambre son camion de pompier. Là, comme seul gardien, auréolé, par-dessus son épaule, un ange ailé au sourire salutaire voletait. Philomène, pour se rassurer de ses angoisses de petite fille, était bien souvent tentée de vérifier, d'un rapide coup d'œil, qui du démon ou du chérubin veillait sur elle.

Plus tard, lorsqu'elle eut l'âge de se rendre à la salle paroissiale pour les cours de catéchisme préparant aux divers sacrements de la religion catholique, elle était une participante active qu'aucune « question piège » de Monsieur le curé ne pouvait dérouter.

– Qui est le père de Jésus ?

– C'est Dieu ! criait Philomène persuadée de sa bonne réponse.

Le curé la félicitait alors, devant ses petits camarades, de ne pas avoir cité saint Joseph, qui n'en était, bien sûr, que le père adoptif !

– Qui va se confesser chaque samedi ? Là aussi, Philomène levait la main sans crainte, puisque le saint homme confessait la famille au grand complet, chaque semaine. Elle demandait souvent à ses sœurs ce qu'elle pourrait bien confier intimement au prêtre dissimulé derrière la

planche en bois ajourée du confessionnal. Mais, ni les unes ni les autres ne lui étaient d'une grande aide, elles-mêmes polarisées à lister d'hypothétiques péchés. Philomène faisait bien des petites sottises comme de refuser un service à sa mère, dire un ou deux gros mots ou taquiner ses sœurs, mais elle trouvait ces séances d'aveux bien trop répétitives pour y puiser chaque fois une énergie nouvelle. Alors, elle inventait : elle disait qu'elle chipait des bonbons dans le placard de la cuisine, qu'elle refusait d'apprendre ses leçons, qu'elle tenait tête à son père, qu'elle cassait ses jouets, insultait ses copines et bien d'autres bêtises encore qui ne reflétaient aucunement la réalité. Elle récitait hâtivement les quelques « Je vous salue Marie » infligés en pénitence et là, bien souvent, en sortant de l'église, elle se sentait d'un même coup coupable de mensonges et de malice. Puis pour se réconforter, elle décidait de ranger tout cela dans la catégorie « des offenses pardonnées qu'elles soient en pensée, en action ou par omission » et elle prenait la ferme résolution de s'y prendre différemment la prochaine fois.
Un fameux jour, qui resta longtemps gravé dans sa mémoire, le curé eut l'idée, qu'il crut judicieuse, d'inviter à la matinée de catéchisme Sœur Véronique de la Sainte Face qui avait eu, pour la bonne cause, le droit d'échapper quelques heures à l'austérité du couvent voisin. Elle parla aux enfants de sa foi, du don de soi, de l'amour inconditionnel qu'elle avait accordé au Bon Dieu, de ses prières si intimes qui rachetaient les péchés du monde et surtout de sa vocation. Lorsqu'elle déclara, avec quelle passion enthousiaste elle avait accueilli, un matin, l'Appel du seigneur, avec quelle force rayonnante elle avait été envoûtée, avec quelle certitude Dieu le Père l'avait reconnue et choisie, elle et pas une autre, avec quel puissant aveuglement elle lui avait dit « oui », avec quelle béatitude elle s'était livrée corps et âme à sa demande, Philomène ressentit un frisson de terreur qui la plongea dans un tel désarroi qu'elle s'évanouit. Le sucre

imbibé d'alcool de menthe, déniché dans la sacristie, l'ayant remise sur pied, elle rentra chez elle, sans dire mot à sa mère de l'épouvantable rencontre. Submergée par la peur dans le creux de son lit, elle se mit à prier chaque soir pour que Dieu, si puissant, ne la remarque pas, ne lui octroie ni la grâce ni la faveur de son divin appel, ne la croise pas sur sa route. Toutes les autres s'il voulait... mais surtout pas elle !
En grandissant, elle se dégagea peu à peu de ces rituelles croyances et sa ritournelle de prières, du style « petit Jésus je vous adore et je vous aime, veillez sur moi et sur tous ceux que j'aime et faites que tout se passe bien pour tous ceux qui en ont besoin, mais surtout ne me choisissez pas pour être religieuse », s'amenuisa peu à peu.
Aujourd'hui Philomène aurait été bien incapable de dire si elle avait la foi ni même ce que ce mot pouvait authentiquement représenter pour elle. Elle voulait pourtant faire plaisir à sa mère et lui promit de l'accompagner à la messe, le lendemain matin. La chapelle Saint-Philibert se nichait au fin fond d'une impasse ensablée où l'on ne pouvait accéder qu'à pied. On aurait dit que cette minuscule maison de Dieu voulait se débarrasser à tout prix des âmes insensibles à l'effort de cheminer vers elle, sans bruit, sans moteur, sans autres apparats qu'une paix intérieure. Son toit bombé en coque de bateau, les nombreux ex-voto posés là en offrande pour remercier les saints d'avoir calmé la mer, ses bancs de bois, ses quelques chaises et ses prie-Dieu paillés, ses bougies consumées depuis la nuit des temps, l'odeur tenace d'un encens éventé n'attiraient qu'un nombre restreint d'adeptes. La messe sonnant tôt le matin, pour 7 heures 30 précises, n'incitait pas non plus à faire venir le monde. C'était pourtant vers cet office que la mère de Philomène entraînait sa fille pour prier.
Les touristes, eux, préféraient de beaucoup la messe de 11 heures à la grande église du centre ville en plein cœur de l'animation estivale.

PLUS L'HEURE AVANÇAIT, MOINS PHILOMÈNE ÉTAIT CONVAINCUE du bien-fondé de ce deuxième rendez-vous. La séance passée avec le docteur Raive, trois jours avant, lui avait fait un bien fou sur le moment, puis une lourde angoisse était apparue dès le lendemain matin, à son réveil. Elle eut beau essayer d'analyser l'élément déclencheur, de s'occuper l'esprit par de nombreuses activités, d'appeler une copine pour aller voir un film comique au cinéma, rien n'y faisait. C'était une angoisse qu'elle n'arrivait pas à cerner, qui s'infiltrait dans tout son corps de façon insidieuse et tenace jusqu'à déclencher des symptômes physiques que même un tranquillisant efficace n'arriva pas à atténuer. Elle se demanda ce qui, entre la perspective de livrer sa vie à un divan et l'homme censé l'y aider, la bouleversait à ce point. Elle sortit pourtant, s'engouffra dans le métro, croisa une cabine téléphonique et confia au répondeur du docteur qu'elle ne pourrait se rendre à la séance. Ses angoisses s'accrochèrent à elle quelques jours puis s'évacuèrent pour laisser place à une morosité plus acceptable et enfin aux hauts et aux bas qui lui étaient si familiers. Le docteur Raive ne la rappela pas.

Deux mois plus tard, elle se rendit à l'Unesco pour assister à la conférence d'un psychopédagogue célèbre dont elle avait lu tous les livres. L'idéologie et l'éthique de ses écrits collaient si étroitement à la conception qu'elle se faisait elle-même de la société humaine que le lire la plongeait chaque fois dans une sensation de quiétude dynamisante qui lui convenait fort bien. Venir l'écouter l'enchantait. Elle s'était levée très tôt pour être sûre d'avoir une place et elle se réjouissait à l'avance de cette journée. A la pause de la matinée, elle se dirigea vers la machine à café qui affichait déjà une queue de plusieurs mètres. Elle prit son mal en patience car elle n'avait rien eu le temps d'avaler le matin et elle avait envie d'une boisson chaude.

– C'est un café qui vous ferait plaisir ?

Un homme lui tendit d'une main un gobelet fumant, et de l'autre un sachet de sucre et une cuillère en plastique. Elle s'étonna de tant de courtoisie de la part de quelqu'un qu'elle ne connaissait pas, refusa l'offre par politesse, expliqua qu'elle pouvait attendre et le regarda gentiment pour le remercier. L'expression de son regard et la cordialité de son sourire la saisirent au ventre et elle bafouilla, stupéfaite :

– Docteur Raive, ex, excusez-moi, je ne vous avais pas reconnu. Comment allez-vous ? Je, je suis désolée pour le rendez-vous de l'autre fois, je...

– Ne vous inquiétez pas ; vous ne voulez vraiment pas ce café ?

Philomène finit par accepter et continua à bredouiller quelques mots mêlés d'excuses et d'émotion qui la rendaient fort mal à l'aise.

– Je déjeune ce midi avec des collègues, lui dit-il, mais peut-être pourriez-vous m'expliquer tout cela, en fin d'après-midi après la conférence. C'est passionnant n'est-ce pas ? Je vous attendrai ici même. A tout à l'heure ?

– Oui, bien sûr, c'est d'accord, s'entendit dire Philomène.

Durant la seconde partie de la matinée, elle ne put fixer son esprit que sur de courtes bribes des paroles de l'éloquent orateur pour qui elle s'était déplacée et qui semblait pourtant

avoir conquis l'assemblée tant il fut applaudi au terme de son intervention.
Philomène déjeuna d'un sandwich, en marchant d'un bon pas dans les rues du quartier, espérant atténuer sa tension. Elle regardait à peine les vitrines des boutiques que l'approche des fêtes de Noël rendait pourtant très attrayantes. Lorsqu'elle se réinstalla dans l'immense salle où les débats de l'après-midi venaient d'être annoncés, elle jeta alentour un coup d'œil plein d'espoir mais qui ne fut pas fructueux. Elle décida donc de se concentrer sur les polémiques animées de l'estrade et d'attendre que 16 heures arrivent. A moins le quart, elle se faufila vers la sortie afin d'éviter la foule. Elle se colla contre la machine à café, espérant de tout cœur qu'aucun contretemps ne viendrait compromettre le précieux rendez-vous. Elle n'eut pas à attendre, et quand elle le vit, emmitouflé dans son gros pardessus noir, elle lui sut gré intérieurement de son extrême ponctualité.
Le docteur Raive proposa à Philomène de l'emmener boire un thé à la menthe dans une échoppe marocaine réputée pour ses pâtisseries succulentes. L'estomac pourtant noué, elle accepta l'invitation avec plaisir.
– Comment allez-vous depuis la dernière fois ? Vous engager dans une thérapie vous a semblé difficile ?
Philomène se sentit incapable de répondre, tétanisée par les propos de cet homme.
Que pouvait-elle pourtant espérer d'autre ?
– Je ne me sens pas prête pour me lancer dans un travail analytique, finit-elle enfin par répondre après avoir avalé une gorgée de thé brûlant.
Sur ce sujet, ils en restèrent là. Un dialogue, d'abord pudique, puis détendu, sur les polémiques entendues au long de la journée s'engagea. L'allure conventionnelle de la discussion évolua vite vers une conversation plus intime où la bienséance fit place à de plus en plus d'émotion.

Ils se séparèrent vers 20 heures. Difficilement. Philomène devait rejoindre sa sœur Éléonore, qui fêtait son anniversaire. Ses autres sœurs et sa mère seraient toutes là et elle ne pouvait vraiment pas faire faux bond à la fête. Ils s'embrassèrent chaleureusement, sans qu'aucun mot, pourtant, ne fasse allusion à une éventuelle prochaine rencontre.

Philomène ne discerna pas dès les premières secondes de quel appareil électrique provenait la sonnerie qui venait de la réveiller : radioréveil, téléphone, minuterie ? Non, c'était bien la sonnette de l'Interphone. 10 heures. Un dimanche ? Encore un peu embuée par les vapeurs d'alcool de sa soirée festive, elle enfila son peignoir, se faufila dans le couloir, ouvrit la porte d'entrée de son appartement et resta stupéfaite devant le gros bouquet qui cachait le livreur. Elle remercia, donna un pourboire et, sans prendre le temps de refermer la porte, décacheta l'enveloppe épinglée au papier transparent :

« Philomène, as-tu fait de beaux rêves ? Je t'embrasse. A bientôt. Armand ».

Philomène fut amusée du tutoiement et malgré le plaisir de cette surprise matinale, elle ne put s'empêcher de penser que le docteur Raive n'avait pas inventé ce jeu de mots séducteur rien que pour elle.

– Philomène, me trouveras-tu un moment pour m'accompagner à la fête ?

La mère de Philomène aimait les ambiances animées, les rires d'enfants sur les chevaux de bois, les jeunes gens qui visaient les cibles déchiquetées par les plombs des carabines, les micros mal réglés des stands de loterie, l'odeur des croustillons à l'huile réchauffée, les barbes à papa qui collaient au creux des dents et même le train fantôme dont elle était sans aucun doute la plus âgée des participantes !

Philomène installa sa mère dans la coque de bois du wagon fantastique, lui fit un petit signe de la main avant qu'elle s'engouffre dans les ténèbres de l'enfer et attendit patiemment qu'elle en ressorte.

La fête foraine revenait, depuis des années, à la même période estivale, dans le même parc sur le front de mer. Enfant, il était un manège que Philomène n'aurait manqué pour rien au monde. Il s'appelait « le petit navire ». Il avait pour prétention de ne recevoir que de tous petits enfants, avec ses bateaux miniatures tournant sagement l'un derrière l'autre sur un circuit d'eau étrangement transparente. Elle était déjà bien grande, plus de 10 ans sans doute, mais elle ne se décidait pas à ne plus acheter le lot de tickets vendus par 20 au prix compétitif de 50 francs. Tout son argent de poche y passait, mais c'était cela qui lui faisait plaisir. De loin, tournant sans cesse, elle regardait la grand roue ou la chenille dont la hauteur ou la vitesse lui donnait déjà le vertige. De son modèle réduit enfantin, elle aurait voulu vivre les sensations de peur et de tension que ces manèges d'adultes procuraient mais elle en était bien incapable. Elle était terrorisée à l'idée qu'une des nacelles puisse se décrocher ou qu'au prochain tournant la larve géante se projette hors des rails. Puis fermant les yeux pour ne pas assister en direct à une probable catastrophe, elle ne les rouvrait que pour se rendre à la simple réalité : il fallait qu'elle s'active si elle voulait attraper le pompon.

Philomène pensa aux multiples façons de faire tourner sa vie. Encore fallait-il monter dans le manège qui convenait ? Elle avait bien grandi et avait enfin abandonné « le petit navire ». Elle l'aperçut qui tournait, là-bas, encore, un peu plus loin, comme chaque année, au même endroit. Il était à peine rénové. Peut-être la machinerie invisible avait-elle été révisée pour parer à tous les dangers. Le même pompon, râpé, montait et descendait au rythme d'une musique vieillotte. Elle avait bien envie, une fois encore, de l'attraper. Les autres manèges faisaient belle figure dans leur carrosserie flambant neuve. Ils ne l'effrayaient pourtant plus même si elle n'y était jamais montée. Philomène n'en avait gardé que les vertiges.

Elle accueillit sa mère, hilare, et l'aida à s'extirper du siège qui la retenait.

Jusqu'à quel âge gardait-on son âme de petite fille ?

Philomène pouvait compter sur les doigts d'une seule de ses mains les brèves rencontres qu'elle avait eues avec le père de Lucas.

Lorsque, au 5e mois de grossesse, l'échographie l'informa qu'elle attendait un garçon, elle prit enfin la décision de le prévenir. Elle lui envoya une lettre simple et courte relatant son état. Un petit mois après, elle le vit débarquer chez elle, à l'improviste. Il se montra désappointé. Il s'excusa des précautions qu'il n'avait pas prises, reprocha à Philomène de ne pas lui avoir imposé le préservatif, s'étonna qu'elle-même ne fut pas alors sous contraceptif et lui avoua dans l'élan qu'il n'était pas un homme libre mais marié depuis deux ans et papa d'une petite fille.

Philomène ne s'étendit pas sur le sujet, resta évasive et distante face à l'événement et le persuada, rassurante, qu'elle n'attendait rien de lui. Elle ne désirait d'ailleurs pas qu'il le reconnaisse mais l'informa qu'elle ne cacherait pas à son fils de quelle idylle amoureuse passagère il était issu. Carlos repartit le soir même sans prendre le temps de rentrer dans de plus amples explications. Le jour de la naissance, Philomène fut très fière de pouvoir transmettre son nom de jeune fille à Lucas : Aubrée, Lucas Aubrée. Elle était persuadée que la douce harmonie du prénom et du nom d'un si joli bébé ne pouvait lui tracer qu'un très bel avenir. C'était un enfant filiforme, au teint mat et dont le regard de feu avait cherché à croiser les yeux de sa mère avant même la rupture du cordon. Des cheveux bruns en petites touffes disparates sur le haut de son crâne révélaient les quelques efforts inévitables de l'acheminement vers une vie autonome. Deux petites heures, sous péridurale bien maîtrisée, avaient rendu l'aventure plutôt facile. Le cri primal en hommage à l'air libre avait été ferme et serein et Philomène s'était félicitée de la connivence précoce que lui déclarait si catégoriquement sa progéniture. Carlos avait été prévenu par télégramme de l'arrivée du bébé et avait répondu à la nouvelle par le même procédé.

Il fit la connaissance de Lucas l'année où le bambin entra à la maternelle. Un congrès franco-espagnol de médecine avait aiguillé Carlos vers Paris où il devait servir d'interprète. Il avait débarqué, cette fois encore, chez Philomène sans crier gare. Lucas, d'un tempérament actif et joueur, avait sollicité l'inconnu pour monter son train électrique, finir un puzzle et partager son goûter. Quand François sonna à la porte, Carlos avait vite compris que sa place de père avait été allouée. Avant de s'éclipser, il glissa dans la main de l'enfant du nougat andalou, spécialité de la ville de Cadix fourrée de pâte d'amandes et d'angélique confite. Philomène fut saisie de tendresse par ce geste témoin du goût si justement sucré de cette succulente friandise partagée quatre ans auparavant sous un soleil du Sud ponctué de mots d'amour.

Le lendemain, Philomène concentra ses forces et conta à Lucas l'histoire de sa naissance. Après un court instant, il jeta à François un regard hésitant puis rempli de tendresse. Il lui tendit la main, réclamant une histoire.

En une petite quinzaine d'années, quelques lettres de part et d'autre, deux ou trois passages de Carlos dans la capitale française permirent d'échanger quelques mots autour d'une limonade et d'oser espérer qu'un lien, même minime, avait été tissé.

– PHILOMÈNE ME DIRAIS-TU UNE HISTOIRE ?
– Tu vois, petite mère, un jour, un petit homme si triste, si triste, décida qu'il voulait être heureux...
Philomène adorait raconter des histoires, même à sa mère. Elle connaissait comme ça, par cœur, des contes, des nouvelles, des morceaux de romans et ce qu'elle aimait le plus était d'en inventer. Elle disait un mot, puis un autre et les idées lui venaient, s'enclenchaient et elle était capable des plus intrépides fantaisies.
Elle avait d'abord commencé à raconter dans sa classe à tous ces enfants dont elle avait la charge et qui pour la plupart se refusaient à lire. Du retard intellectuel, jusqu'aux troubles du comportement, en passant par le handicap mental, la déficience des capacités cognitives, les problèmes sociaux ou les difficultés d'ordre psychologique, elle s'était toujours refusée à classer l'être humain, surtout si jeune, dans les catégories conventionnelles proposées par les filières spécialisées de l'éducation nationale. Alors, elle avait inventé autre chose. Dire, parler, lire, raconter.
Lucas aussi avait été baigné dans ces flots de paroles où l'imagination n'avait pas de limite. Des mots qui faisaient rire, d'autres qui faisaient peur, d'autres qui consolaient, d'autres qui endormaient.

« Alors, le petit homme, lorsqu'il regardait les perles de lune là-haut dans la nuit noire, cela lui donnait tant de soleil au cœur qu'il ne pouvait plus être malheureux. »
« Tartuffe », le chat de Philomène, était venu se glisser dans le lit pour lui aussi écouter l'histoire.
Philomène se souvint alors très distinctement des premiers vers d'un livre de la collection enfantine « Coq d'Or ».

« Y'a un chat dans la lune
avec un chapeau à plume
mais un rien l'importune :
les souris qui font du bruit
le hibou qui fait « hou-hou »
il leur donne des coups
avec son chapeau à plume,
mais il n'a pas de rancune... »

Quand Philomène était petite, les mots de cette histoire, patiemment contés par sa mère, la berçaient chaque soir et influençaient ses rêves. Dessiné en couleur, comme pour le fixer à sa mémoire d'enfant, un énorme chat gris, au pelage imposant, posté sur un croissant de lune, agitait sans scrupules, comme pour chasser l'intrus, un large couvre-chef décoré d'une plume. Oiseaux, rongeurs ou toute autre bestiole s'accrochant à la vie semblaient terrorisés par ce prompt dictateur. La suite du récit décrivait ses journées : « Lundi, s'en va la chasse aux perdrix et aux bécasses... Mardi, Minou fait du sport, mais sa bicyclette n'a pas de sonnette, gare aux poulets qui picorent... » mercredi, jeudi et ainsi de suite jusqu'au dimanche. De sa vie, qu'il avait probablement rendue trépidante par les nombreuses activités qui l'animaient, Philomène, s'était bien souvent questionnée sur les raisons qui l'incitaient à empoisonner celle des autres.

Ce soir-là, elle s'endormit à côté de sa mère, son chat ronronnant d'aise en boule sur ses pieds.

Philomène avait construit ses rencontres amoureuses avec Armand comme un véritable rituel fort proche d'un rythme thérapeutique.

Tous les mardis soirs, après être rentrée chez elle, après s'être plongée délicieusement dans un bain moussant, elle ressortait à 20 heures pour se rendre jusqu'au cabinet médical et y sonner précisément à 20 heures 30. Armand lui ouvrait, l'embrassait et elle s'installait, un petit quart d'heure sur le divan, le regardant relire ses notes puis ranger ses dossiers. Elle souriait, ironiquement aux habitudes presque maniaques de cet amant qui revendiquait ces caractéristiques comportementales d'ordre et de rigueur comme indispensables aux méandres de l'inconscient. Avant de quitter la salle des soins de l'âme, capitonnée jusqu'à la porte, il n'omettait jamais de mettre sa ligne téléphonique en fonction « répondeur » et s'assurait, par prudence, que son solennel message enregistré à l'intention de ses patients n'avait pas été malencontreusement effacé. Après le dîner, qui permettait à Philomène de découvrir les restaurants les plus originaux de Paris, il l'emmenait dans un hôtel de charme, jamais le même, qu'ils quittaient toujours le lendemain matin, à 7 heures. Dans leur relation intime, Armand parlait beaucoup, Philomène écoutait. Ce rendez-vous hebdomadaire s'ancra dans l'habitude, pendant

de nombreux mois. Puis, il devint mensuel et fut fixé au vendredi soir lorsque Philomène décida de s'installer en Bretagne intérieure.
Elle avait rendu habitable une grange vendue par un vieil oncle pour quelques milliers de francs, située non loin de la maison de ses grands-parents, décédés depuis fort longtemps. Bien évidemment, François avait accueilli ce déménagement avec le plus grand bonheur, et avait mis ses dons de bricoleur à l'entière disposition de Philomène. Malgré d'inévitables installations, elle avait su garder à cette demeure l'âme ancestrale si rassurante à son cœur. Le sol en terre battue, juste aplani, se réchauffait de lourds tapis en jonc. Elle avait suspendu aux murs de schiste brut des natures mortes, presque naïves, dénichées pour deux sous aux foires à la brocante. Dans la large cheminée noircie pendait la crémaillère, et la poutre de bois soutenant la charpente était restée si basse qu'elle obligeait à courber l'échine. Les objets quotidiens en fonte émaillée, cuivre, terre ou étain ramenaient à la vie les gestes humbles et confiants de ses si chers aïeuls. Lucas, malgré les premières réticences conflictuelles à passer brutalement d'une vie parisienne à une atmosphère campagnarde, y avait vite trouvé de nombreux avantages et s'était adapté avec une incroyable désinvolture.

– PHILOMÈNE ME PROMETS-TU DE NE PAS ROULER TROP VITE ?

La mère de Philomène avait bien du mal à retenir les éclats de sanglots dans sa voix. Philomène en était elle-même toute retournée. Ni l'une ni l'autre n'avaient jamais supporté sereinement les séparations. Mais la vie était ainsi faite. Philomène avait promis de revenir avant la rentrée de septembre, mais maintenant, il fallait qu'elle s'en aille. Lucas arrivait à la gare de Rennes à 22 heures pour repartir deux jours plus tard randonner dans les Alpes. Elle s'envolerait alors pour New York afin de rejoindre Bryan, jusqu'à la fin juillet. Puis elle partagerait le mois d'août entre François et les balades bretonnes qu'il lui proposerait et Armand qui, comme à chacune de ses vacances d'été, se calfeutrait dans un gîte de ferme du Jura suisse. Les quatre sœurs de Philomène viendraient à leur tour, les unes après les autres, avec famille ou amis, passer un moment de cette période estivale dans la maison de l'île et ainsi sa mère ne serait pas longtemps seule. Et puis, Lucas serait là, dans quelques jours, pour profiter à la fois des sports nautiques de ce bord atlantique et de sa chère mamie. Philomène ne roulait jamais très vite. Sa mère le savait bien, mais aucun départ ne pouvait se faire sans qu'elle ne répète ce conseil à sa fille comme un rituel sacré qui écarterait le danger.

Philomène chargea le coffre de sa voiture et le souvenir d'un cadeau de Noël que son père lui avait offert lui revint en mémoire. C'était un de ces volants en plastique qui se fixaient facilement sur le tableau de bord d'une voiture. Elle devait avoir à peine une demi-douzaine d'années et elle était très fière de bénéficier de la place à côté du chauffeur. Cette place avait toujours été, jusque-là, destinée à sa mère. La législation du code de la route n'avait pas encore statué le danger pour les enfants et elle pouvait donc profiter du plaisir en toute impunité.

Au bout d'une tige rigide qui reliait ce volant au sol, se trouvaient de petites pédales qu'elle actionnait difficilement à l'aide de ses jambes trop courtes. En effet, deux vieux Bottin servaient à la surélever pour que ses yeux puissent accéder au niveau du pare-brise.

Elle tournait le volant dans tous les sens et son père lui jetait des coups d'oeil, sans dire un mot pour ne rien gâcher de la fête. Un gros Klaxon rouge lâchait un bruit tonitruant imperceptible de l'extérieur. La barre noire indiquant un clignotant fictif restait muette si l'on ne faisait pas « clic-clac, clic-clac » avec la langue lorsqu'il s'agissait de tourner. Ses grandes sœurs et sa mère, coincées sur la banquette arrière, profitaient du spectacle en riant. Son père était tout fier de promener sa petite famille.

Quelques années plus tard, Philomène n'était pas aux côtés de son père en ce soir fatal de juillet. Peut-être que le nez à hauteur de la vitre elle aurait aperçu le bolide lorsqu'il a dévié de sa route ; peut-être qu'elle aurait tourné son petit volant dans tous les sens pour garer la voiture sur le côté ; peut-être qu'elle aurait fait « clic-clac » avec sa langue pour partir dans une autre direction ; peut-être qu'elle aurait freiné de toutes ses forces avec une de ses pédales pour éviter le choc...

Aujourd'hui, Philomène conduisait sa voiture toute seule. Aucun enfant n'aurait osé prétendre avoir le droit de

s'installer sur la place à côté. Les ceintures de sécurité étaient strictement imposées, la vitesse réglementairement limitée. Embrayer, accélérer, freiner, caler, s'arrêter et puis redémarrer. Elle avait ainsi essayé de continuer à tracer sa route. Avait-elle choisi la meilleure conduite ? Les allées et venues de sa mère, qui s'évertuait à caler entre les valises des boîtes hermétiques remplies de tous les bons restes du réfrigérateur, la ramena soudain à la présente réalité.
Philomène avait, de son côté, approvisionné les placards de toutes les douceurs dont sa mère raffolait, balayé une fois encore la terrasse, changé une ou deux ampoules un peu faibles, accroché plus sûrement la glace de la salle de bains et fait briller les vitres du salon.
Il était bientôt 19 heures et si elle ne voulait pas faire attendre Lucas, Philomène devait partir. Elle embrassa sa mère sans omettre de lui dire tous les mots doux qu'elle pouvait lui offrir et lui essuya de la main la larme qui perlait sur le coin de sa joue.
– A bientôt, petite mère. Je penserai fort à toi. Avant de partir, veux-tu que je te ferme les volets ?